www.ingramcontent.com/pod-product-compliance
Lightning Source LLC
LaVergne TN
LVHW010618070526
838199LV00063BA/5195

جنتی جوڑا

(افسانے)

مصنفہ:
واجدہ تبسم

© Taemeer Publications LLC
Jannati Joda (Short stories)
by: Wajida Tabassum
Edition: December '2023
Publisher :
Taemeer Publications LLC (Michigan, USA / Hyderabad, India)

ISBN 978-93-5872-631-2

مصنف یا ناشر کی پیشگی اجازت کے بغیر اس کتاب کا کوئی بھی حصہ کسی بھی شکل میں بشمول ویب سائٹ پر اَپ لوڈنگ کے لیے استعمال نہ کیا جائے۔ نیز اس کتاب پر کسی بھی قسم کے تنازع کو نمٹانے کا اختیار صرف حیدرآباد (تلنگانہ) کی عدلیہ کو ہوگا۔

© تعمیر پبلی کیشنز

کتاب	:	جنتی جوڑا (افسانے)
مصنفہ	:	واجدہ تبسم
صنف	:	فکشن
ناشر	:	تعمیر پبلی کیشنز (حیدرآباد، انڈیا)
سالِ اشاعت	:	سنہ ۲۰۲۳ء
صفحات	:	۵۶
سرورق ڈیزائن	:	تعمیر ویب ڈیزائن

فہرست

(۱)	جنتی جوڑا	6
(۲)	زکوٰۃ	22
(۳)	اُترن	34
(۴)	ذرا ہور اُوپر	44

(۱) جنتی جوڑا

آج ایک ساتھ خوشی اور غم کا دن تھا۔ بی بی ماں کی شادی کا دن!
چاندی کے جھم جھماتے تھالوں میں ایک قطار سے دس جگر مگر کرتے تولواں جوڑے، رکھے تھے اور گیارہواں تھا، جو سونے کا تھا، اس میں سب سے قیمتی جوڑا سجا ہوا تھا، جس کی مجموعی قیمت پچیس ہزار سے بھی اوپر تھی۔

اندر جہیز کا سارا سامان سجا ہوا تھا۔ اس میں لس لس کرتے کپڑوں کے جوڑے ہی کوئی سو سے اوپر تھے۔ یہ گیارہ جوڑے تو الگ سے اس لئے سجائے گئے تھے کہ ان میں سچے موتی اور ہیرے ٹنکوائے گئے تھے۔ یہ بات بڑی پاشا کے جدت طراز دماغ نے ہی سوچی تھی۔ انہوں نے بڑے نواب صاحب کو سمجھایا تھا، "میں ایسے بہوت نواب لوگوں کو دیکھی جو بس شادی ہوتے کے ساتھ اچ دلہن کے جہیز کی نخرہ اور زیوراں اڑانا شروع کر دیتے۔ اپنی بچی کو میں اس واسطے اچ آدھا روپیہ تو کپڑوں کی شکل میں دے دی۔ اللہ نہ کرو اس کا شوہر کبھی اس کے روپے پیسے پو نظر کرو، پین وخت وخت کی بات ہے، کبھی اپنا ہور اس کے جہیز کا سارا روپیہ بھی انوں اڑا ڈالے تو کم سے کم برے وخت کے ساتھ یہ کپڑے لتے تو رہنا۔ اب یہ تو انوں کرنے سے رہے کی صندوخوں میں سے کپڑے نکال نکال کو لے جاریں۔ کپڑا لتا تو عورت ذات کے ہاتھ کو اچ رہتا۔ سو میں یہ ترکیب کری کی سوا لاکھ کے خریب کے ہیرے موتی کپڑوں کے جوڑوں میں ٹنکوا دی۔ ہور ایک جوڑا خاص طور سے شادی کے دن پہننے کا ہے، وہ خریب خریب پچیس ہزار کا یا اس سے بھی

بڑھ کر ہوئیں کا۔۔۔۔ کیوں میں اچھا کری ناجی؟"
اتنی لمبی چوڑی بات کے جواب میں نواب صاحب نے صرف انہیں مسکرا کر دیکھنے پر اکتفا کی۔
"آپ کچھ بولے نئیں؟" بڑی پاشا الجھ گئیں۔
"ہم آپ کے کاموں میں کبھی دخل دیئے؟" وہ اسی طرح مسکرا کر بولے۔
"تو پھر چلو ذرا آپ بھی بچی کے کپڑوں کی بہار دیکھو لیو۔"
دونوں میاں بیوی مہمانوں کے ہجوم میں سے گزرتے ہوئے جب جہیز والے کمرے میں پہنچے تو آنکھیں چندھیا گئیں۔ خوشی خوشی بڑی پاشا سونے کے طشت والا جوڑا سب سے پہلے دکھانے کے لئے بڑھیں تو ان کی تیوریوں پر بل پڑ گئے۔ سونے کے جھلملاتے طشت میں ہیروں کے ٹنکے جوڑے ٹکے جوڑے کے ٹھیک اوپر ایک سادہ سرخ مدرے کا چوڑی دار پاجامہ، مدرے کا ہی کرتا اور سوتی ململ کا سستے مول کا سرخ دوپٹہ بڑے اہتمام سے طے کیا ہوا ر کھا تھا۔
جھوٹے گوٹے اور سستی چمکیوں سے ٹکا ہوا! انہوں نے جھلا کر ادھر ادھر دیکھا اور خون برساتی نگاہوں سے اور اپنے پورے وجود کا زور لگا کر چلا کر کہا،"یہ کون اجاڑ مارا نے سٹری گت کا جوڑا سونے کے طشت میں رکھا سو؟"
سارے نوکر چاکر، خواصیں، مغلانی بوا دم بخود سانس روک کونے کی طرف دیکھنے لگے، جہاں اپنی بے نور آنکھیں لئے رمضو بابا کھڑے کانپ رہے تھے۔
کسی نے یہ حرکت کی ہوتی تو بڑی پاشا گرج کر پو چھتیں۔۔۔۔ "تے اندھے تھے کیا؟ دکھائیں کہ سونے کا تھال ہے، ہور جوڑے سمدھیانے میں جانے کو ہیں؟" مگر وہاں تو واقعی سابقہ ایک اندھے سے ہی تھا۔ پھر بھی وہ اپنے غصے کو دبا نہ سکیں اور پھٹ پڑیں،

"تمہاری یہ ہمت کیسے ہوئی گے بڈھے میاں؟ تم دو ٹکے کے آدمی معلوم نہیں کیا کہ یہ کاکا جہیز ہے؟"

رمضو بابا بے نور آنکھوں سے خلا میں دیکھتے ہوئے بولے، "جی معلوم ہے پاشا میری بچی کی شادی ہے، ہور اسی کا جہیز ہے۔"

"تمہاری بچی؟ شرم آنا تم کو! یہ پھٹے کپڑے، چیتھڑے، گودڑیاں لٹکا کو ہماری شہزادی جیسی بچی کو اپنی بچی بولتے۔۔۔۔"

لیکن رمضو بابا تو صرف یہ سوچ رہے تھے کہ شہزادی پاشا اگر میری بچی نہیں تو پھر کس کس کی بچی ہے؟ کیا پیدا کرنے والے باپ کو ہی یہ حق ہے کہ وہ باپ کہلائے؟ وہ اگر باپ نہیں تھے اور شہزادی پاشان کی بچی نہیں تھی تو پھر یہ دنیا کون سی محبت کے سہارے قائم تھی۔

اونچی سارھی ڈیوڑھی کے باہر سے پھاٹک پر پہرا دیتا ہوا عرب چاؤش بہت دیر سے یہ تماشا دیکھ رہا تھا کہ گلی کے بہت سے چھوکرے ایک نیک صورت نابینا شخص کو ہٹکار رہے تھے، مانو وہ کوئی جانور ہوں۔ کوئی ان کے تہہ بند کا کونہ پکڑ کر کھینچتا، کوئی داڑھی ہلا کر دوڑ بھاگ جاتا، کوئی مضبوط قسم کا چھو کر انہیں چک پھیری دیتی اور پھر سب مل کر قہقہے لگانا شروع کر دیتے۔

چاؤش پہلے پہل تو خود بھی مسکرا تا رہا اور مزے لیتا رہا، لیکن ایک بار جب دھکا کھا کر بڑے میاں زمین پر گر پڑے تو اس نے زور سے اپنا ڈنڈا لہرایا اور چلا کر بولا "کیوں گے حرام زادو، تمہارے ماواں نے اس واسطے اچ کر چھوڑ دیاں کیا کہ غریب ہندے کو ستاتے رہو۔"

اس کے ڈنڈا لہراتے ہی سارے چھوکرے رفو چکر ہو گئے۔ چاؤش پھر بھی بڑبڑاتا

رہا، "اب سے ادھر دکھے تو حرام زادوں کا باپ بن کر بتا دیوں گا۔" پھر وہ آگے بڑھ کر میاں کا ہاتھ پکڑ کر انہیں اٹھاتے ہوئے بولے۔ "پھاٹک بند ہے میاں جی، تبنی کھلی ہے۔ ذرا سر نیچو کر کے اندر داخل ہونا پڑے گا۔"

انہیں سہارا دے کر کھڑکی سے اندر داخل کر کے وہ دونوں ہاتھ جھٹکے ہوئے بولا، مگر آپ ادھر یہ حرام کے پوٹوں میں کیسے پھنس گئے میاں جی؟"

"کیا بولوں بیٹا۔۔۔۔ مسجد سے ذرا چائے پینے باہر نکلا تھا کہ چھوکروں نے گھیر لئے اور بھگاتے بھگاتے معلوم نئیں کدھر کا دھر لے کو آ گئے۔ اب میں واپس کیسا تو بھی جاؤں گا۔" اور ان کی آنکھوں میں، جو بے نور تھیں، پانی چمک اٹھا۔

چاؤش نے اپنے گلے میں کچھ اٹکتا محسوس کیا۔ رکتے رکتے پوچھا، "آپ کا کوئی تو ہوئیں گا، جو ڈھونڈ کو آ کو لے جائیں گا۔"

"نئیں میاں۔۔۔۔ میرا بس اللہ ہے۔"

چاؤش کچھ دیر کے لئے سن ساہو گیا، پھر خوش ہو کر بولا، "ادھر ڈیوڑھی میں مسجد بھی تو ہئی۔۔۔۔ آپ سارے نوکریاں ہیں نئیں، ان کے بچوں کو نماز روزہ سکھلاتے بیٹھنا۔۔۔۔"

"ڈیوڑھی کے مالک کچھ بولیں گے تو نئیں، اور پھر۔۔۔۔"

ابھی رمضو بابا کی بات ان کے مونہہ میں ہی تھی کہ ایک ننھی سی آواز نے ان کے کانوں میں جل ترنگ سا بجا دیا:

"بابا۔۔۔۔ چلو سب لوگاں کھانا کھانے چل رئیں، تم بھی چلو۔"

چاؤش نے دھیرے سے بوڑھے کو سنایا، "یہ ڈیوڑھی کے نواب صاحب کی صاحب زادی ہے نا؟ بہوت نوکریاں ہیں نا۔ سب کا کھانا ایک اچ لگتا۔۔۔۔ چلو میاں

"جی۔"

"نئیں چاؤش، تم ہٹو۔۔۔۔ بابا کی انگلی پکڑ کر میں لے جاؤں گی۔"

"ہو بابا، تم کو بالکل نئیں دکھتا؟۔۔۔۔" معصوم سی جان بے حد پیارے لہجے میں پوچھ رہی تھی۔

"نئیں ماں، کچھ بھی نئیں دکھتا۔ ہور اچھا اچ ہے کہ کچھ نئیں دکھتا۔ دیکھنے کے واسطے دنیا میں اچھی چیز ہے اچ کیا؟"

"میں جو ہوں بابا۔" وہ خوشی خوشی بولی، "میں بہت اچھی ہوں بابا۔ میرے گورے گورے گالاں ہیں۔ بٹن کے ویسے چمک دار آنکھاں ہیں۔ ہور بابا خوب گھنے سنہرے بالاں بھی ہیں۔ سب لوگاں بولتے، میں گڑیا ویسی دکھتی۔ تم میرے کو دیکھناں چاہئیں گے کیا بابا؟"

رمضو بابا چلتے چلتے ٹھٹھک گئے۔ ان کے ویران دل میں اتھل پتھل سی ہوئی وہ خود پر قابو پا کر بولے، "اگے واہ! میں کیسا اتی اچھی بچی کو نئیں دیکھنا چاہوں گا۔!"

"ہو بابا۔ میں سچی بہوت اچھی بچی ہوں۔ دادی حضور بولتے، شہزادی ماں کو دیکھے تو آنکھوں کی جوت بڑھ جاتی ہے۔ تم میرے کو غور سے دیکھنا بابا، تمہارے آنکھاں سے سوب دکھنے لگ جائیں گا۔"

رمضو بابا نے ٹٹول ٹٹول کر اس کا ننھا سا چہرہ اپنے ہاتھوں میں تھاما، اس کے ملائم ملائم اور خوشی سے گرمائے ہوئے گالوں پر پسینے کی ہلکی سی نمی محسوس کی اور بہت محبت سے اس کی پیشانی پر بوسہ دے کر کہا، میں بھی کتنا نادان تھا بی ماں، جو سوچتا تھا کہ دنیا میں دیکھنے کے لائخ ہے، ہی کیا۔۔۔۔ یہ دنیا تو بہوت بھی بہوت خوب صورت لگتی ہوئیں گی، کیوں کہ اس میں تو تور ہتی ہے۔"

سات سال کی ننھی منی سی جان نے ایک مجبور اور دنیا سے ٹوٹے ہوئے شخص میں جینے کی ہر خوشی بھر دی۔ بی بی ماں نے ہی اپنے بابا جان کی سفارش پہنچائی۔۔۔"بابا جان آپ باتاں تو نئیں کریں گے نا؟ ایک بات بولتیوں بولوں؟"

نواب صاحب نے ہنس کر اسے دیکھا۔۔۔۔"بی بی ماں، ہم کبھی آپ کو باتاں کرے؟ بولو، کیا بولتے آپ؟"

"بابا جان۔ وہ انوں بڈھے سر کے جو بابا ہیں نا۔۔۔۔ ان کو انکھیاں نئیں بابا جان۔۔۔۔ کچھ بھی نئیں دکھتا ان کو۔۔۔۔ میں بھی نئیں دکھتی۔ ان کو یہی اچ اپنے پاس رہنے دیتے آپ؟"

"ہم کبھی آپ کی بات کو ناں بولے بی بی ماں؟"

اور نواب صاحب سچ مچ تھے بھی ایسے ہی۔۔۔۔ کسی کے کسی کام میں دخل دیتے، نہ کسی پر اپنی رائے ٹھونستے۔ البتہ بڑی پاشانے خوب ہنگامہ کھڑا کیا۔ جب پتہ چلا تو خوب چڑ کر آئیں۔

"ہو میں سنی کی آپ کی ہور مصیبت پال لئے۔"

"جانے دیو بیگم۔۔۔۔ اللہ رازخ ہے۔"

"وہ تو ہے۔۔۔۔ میں نئیں بولی کیا، مگر اجاڑ کیا مصیبت ہے۔۔۔۔ ایک اندھے کو رکھنا بولے تو آفت۔ کبھی باؤلی میں گر ور گیا تو؟"

"بیگم انوں حافظ جی ہیں۔۔۔۔ خواہ مخواہ اندھا بول کے بے عزتی کر کے گناہ کائے کو مول لیتے آپ؟" نواب صاحب نے نرمی سے کہا۔

"میں کیا بے عزتی کری جی؟ بس اتا اچ بولی نا کی باؤلی میں گر گر کر مر گیا؟ اب اس کو رکھے، سواس کے اوپر ہور ایک نو کر رکھو۔ ہور بڑھاؤ خرچے۔"

نواب صاحب اسی طرح نرمی سے بولے، "بیگم، ہر انسان اپنا نصیب، اپنا رزخ لے کر آیا ہے، آپ کیوں ایسا سوچتے؟"

"مگر میں بول دی، اب رہیا سو رہیا، پن آپ تنخواہ وغیرہ نکو باندھو۔ اول اچ کتنے نوکراں چپ مفت کی روٹیاں توڑئے؟"

نواب صاحب نے بڑی تکلیف سے انہیں دیکھا۔۔۔۔ "بیگم، آپ اب بولے یعنی بعد میں، اس واسطے ہم کچھ نئیں کر سکتے۔ اگر پہلے سے بولتے تو ہم غور کرتے۔ ہم تو انوں تنخواہ بھی دو روپے ماہانہ باندھ چکے۔"

"دو روپے؟" بڑی پاشا پیشانی پر ہاتھ مار کر بولیں، "آپ کو کچھ بھی عقل نئیں ہے، کھانا کپڑا جب ڈیوڑھی سے ملے گا تو دو روپے کائے کے واسطے؟"

"بیگم جیتی زندگی کو سو ضرورتیاں لگے دے رہتے۔ کچھ بھی کرے گا بے چارہ۔"

لیکن بڑی بیگم کے جی کو یہ بات لگ گئی کہ دو روپے خواہ مخواہ باندھ دیئے گئے۔ چنانچہ انہوں نے بڑے میاں کے کھانے چائے میں کٹوتی کرا دی۔ جب نوکروں کا کھانا لگتا تو بڑی پاشا خاص طور سے برتاؤ والے خادم اور خادمہ سے آ کر کہتیں، "آج صبح انے بڈگا ناشتہ کر کو بیٹھا ہے، اب دو پہر کا کھانا نکو اس کو۔"

انو میاں اور بھاگ بھری ایک دوسرے کا منہ دیکھتے، وہ ہٹ جاتیں تو کہتے: اتے بڑے نواب کے بیگم ہیں انوں۔ کائے کو تو بھی غریبوں کے کھانے پینے کو ٹوکتے۔"

"دی اچ میں بھی سوچتیوں۔۔۔۔ ایسا تو کتا روپیہ خیر خیرات میں نکل جاتا۔ اللہ معلوم بے چارے میاں جی سے کائے کا بیر باندھ کو بیٹھے ہیں بڑی پاشا۔"

بی بی ماں کو پتہ چلتا کہ آج رمضو بابا کا دو پہر کا کھانا ناغہ کر دیا گیا تو وہ فوراً اپنے کرتے کے دامن میں دو تین چپاتیاں اور بھنے گوشت کا یا مرغی کا سالن چھپا کر ڈیوڑھی میں پہنچ

جاتیں۔۔۔۔ "بابا، دیکھو آپ کے واسطے میں کیا لائی؟ بابا آپ کو دانتاں توہیں نا؟ اک دم کو تلی مرغی تھی۔ پر بابا میں روٹی اچ لائی، کھانا(چاول) کے ساتھ لائی؟ کرتے میں لاتی تو کر تا خراب ہو جاتا۔ امنی جان دیکھ لیتی اور باتاں کرتے۔ اس واسطے خالی کاغذ میں لپیٹ کو، روٹی مرغی اچ لے کو آگئی۔"

رمضو بابا کا دل سینے میں تھر تھرانے لگتا۔ آنسوؤں کو پیتے ہوئے وہ اٹک اٹک کر نوالے نگلتے۔ ادھر بی بی ماں مستقل اپنا ریکارڈ بجائے جاتی۔

"بابا، آپ کو آنکھیاں نئیں ہیں نا؟ کچھ بھی نئیں دکھتا ہوئیں گا؟ یہ بھی نئیں دکھتا ہوئیں گا کہ اتی بڑی ڈیوڑھی میں کتے سارے نو کراں ہیں اور کتا سارا کھانا پکتا؟ تو بابا پھر امنی جان آپ کو کھانا دینے کو کائے کو چڑتے؟ کیا معلوم میرے کو، مگر میرے بابا جان بالکل نئیں چڑتے۔ امنی جان تنخواہ بٹی، سواب کے بھی بابا جان سے خوب لڑ لئے کی آپ کو کائے کو تنخواہ نہ ہونا۔ مگر آپ کو سو ضرورتاں ہئیں؟ ہوئیں گے۔ نئیں تو بابا جان کائے کو ایسا بولتے۔۔۔۔ بابا، آپ کو کبھی بھی کوئی بھی چیز کا کام پڑے تو میرے کو چپکے سے بولنا۔ پیسے ہونا تو وہ بھی بولنا۔ میں امنی جان کی تجوری میں سے چرا کو۔۔۔۔"

"ارے رے رے! توبہ توبہ بی بی ماں!" رمضو میاں اچانک اس کی بات کاٹ کر بولے اٹھتے۔۔۔۔ "چوری چکاری کی باتیں نکو کرو آپ؟ آپ کو میں سکھایا نئیں کی اللہ میاں چوری سے بہوت چڑتے۔ اور بی بی ماں، میں آپ کو کل عربی کا سبخ پڑھائے بعد نصیحتاں کرا تھا نئیں کہ اپنے حضور ﷺ فرمائے کی ماں باپ کا حکم ماننا۔ ان کے خلاف کوئی بات مت کرنا۔"

بی بی ماں بات کاٹ کر کہہ اٹھتی، "ہور آپ اچ یہ بھی سکھائے نا کہ حضور بولے کہ بھوکوں کو کھانا کھلانا۔۔۔۔ پھر آپ بھوکے رہے تو میں کیا کھانا مت کھلاؤں؟"

وہ سٹ پٹا جاتے، "وہ تو ٹھیک ہے بی بی ماں؟ پر اگر آپ کی امنی جان کے دل میں نئیں تھا تو آپ چھپا چھپا کر آکو کھانائیں لانا تھا۔"

"میں چھپا کر تو لائی، چرا کو کب لائی؟ میں تو اپنے حصے میں سے لائی۔ اپنا حصہ میں کھاؤں کی کسی کو کھلاؤں۔" پھر وہ خفا ہو کر کہتی، "اچھا آپ میرے کو چوٹی بولے نا؟ میں اب سے آپ کے پاس نئیں آؤں گی۔"

لیکن تھوڑی ہی دیر بعد وہ چہکتی ہوئی آ جاتی اور اپنی معصوم بک بک شروع کر دیتی۔ بیچ بیچ میں چاؤش کو گواہ بھی بناتی جاتی۔

"کیوں چاؤش، بابا خود میرے کو سبق پڑھاتے نا کی غریبوں کی مدد کرنا چاہئے؟ اپنے حضور ﷺ کو بھی ایسا ہی سکھائے نا؟"

"جی ہو، بی بی ماں۔" چاؤش مسکرا کر گواہی دیتا، "آپ سچی بولتے۔"

"اچھا چاؤش، تم بابا کو اب کی تنخواہ پر لگی کر تالا دینا۔ بہت پھٹ گیا نا۔"

رمضو بابا اپنی جگہ سٹ پٹا جاتے۔ چاؤش الگ اپنی پینترے بدلنے لگتا۔ چاؤش کی بڑی ساری فیملی تھی۔ پانچ روپے مہینہ تنخواہ تھی، جو ڈیوڑھی کے سارے نوکروں سے بڑھ کر تھی، مگر پھر بھی کم بخت پوری نہ پڑتی۔ بابا چار آٹھ آنے، خود رکھ کر پوری تنخواہ چاؤش کے حوالے کر دیتے۔

"جی ہو بی بی ماں، اب کے مہینے ضرور لا دیوں گا۔" وہ رکتے رکتے کہتا مگر وہ مہینہ کبھی نہیں آتا۔

بی بی ماں اس بھید سے لاعلم اپنی خدمات پیش کئے جاتی۔۔۔۔ "ہو بابا میں بابا جان کو بول کے کہ ان کا ایک آدھ کرتا پاجامہ لا کر دیوں۔۔۔۔ کتے پھٹ گئے تمہارے کپڑے۔۔۔۔"

"نئیں بی بی ماں، چپ آپ کو دکھتے کہ پھٹے وے ہیں۔ اچھے خصے توہیں۔ دیکھو تو بھلا چاوش میاں کی بی بی نے یہ پیوند لگا کو بالکل نوا کر دیئے ہیں یہ کرتا۔"

"مگر بابا، تمہارا کرتا سفید تھا، یہ پیوند تو گلابی رنگ کا ہے۔"

چاوش اپنی جگہ چر مر اجاتا۔ بابا بات ٹالنے کو کہتے، "ارے بی بی ماں، تو میں اچ بولا تھا کہ گلابی پیوند لگا تا۔۔۔۔ پھول کے ویسا گلابی گلابی اچھا لگتانا؟" "اچھا بابا، میرے کو اب عید پر دادی ماں عیدی دیں گے تو میں تمہارے واسطے گلابی پھولاں کا کرتا پاجامہ بناؤں گی۔۔۔۔ آں۔"

رمضو بابا اور چاوش دونوں ہنس پڑے۔ بابا کہتے، "نئیں ماں۔۔۔۔ بڈھوں کو گلابی پھولاں کیسے لگیں گے؟ سب لوگاں ہنسیں گے۔۔۔۔ اپ اتا خیال رکھتے، بس وئی اچ بہت ہے۔"

"نئیں بابا۔" وہ اپنی ہی ہانکے جاتی، گلابی پھولاں بہت اچھے لگتے۔۔۔۔ تم دیکھنا۔۔۔۔" اچانک وہ ٹھٹھک جاتی، "ارے بابا، تم کو تو دکھتا نئیں نا؟ بابا حکیم صاحب سارے ڈیوڑھی کے لوگاں کا علاج کرتے۔۔۔۔ میں بابا جان سے بولوں گی کہ تمہارے آنکھاں کا علاج کروانے کو۔۔۔۔ پھر بابا تم دیکھنا گلابی پھولاں کتے اچھے۔۔۔۔ میں کتنی اچھی دکھتی۔"

بابا اس کے پیار کے سمندر میں ڈوب کر کہتے، "میری گڑیا، وہ تو میں اندھا ہو کر بھی دیکھتا ہوں کہ تو کتی اچھی ہے۔"

دھیرے دھیرے، وہ چھپا چھپا کر کھانا لانے والی، بابا کی بینائی واپس آ جانے کی دعائیں کرنے والی اپنی عیدی سے بابا کے لئے کپڑے سلوانے کی چاہ کرنے والی بڑی ہوتی گئی۔ اس کا اُردو کا پہلا قاعدہ ختم ہوا، پھر پہلا پارا شروع ہوا۔ پھر اُردو کی پہلی کتاب ختم

ہوئی، پھر دوسرا سیپارہ، پھر تیسرا۔۔۔۔ بابا اسے دل لگا کر مذہب کی تعلیم دیتے رہے۔۔۔۔ پھر اس کا قرآن شریف ختم ہوا، اُردو کی قابلیت آئی۔۔۔۔ فارسی والی اُستانی ماں نے اسے فارسی سکھائی۔ انگلش پڑھانے والی نے اسے انگلش میں طاق کیا۔۔۔۔ وقت کا پنچھی اونچی اونچی اڑانیں بھر تا رہا، مگر اس چہکتی مینا نے جس ڈال پر بسیرا کیا تھا وہ نہ چھوٹا۔۔۔۔ وہ اب بھی اسی طرح بابا کے پاس آتی، ان کے کھانے کا اہتمام کرتی۔ یہ ضرور تھا کہ شعور آتے آتے وہ زبان کی قدر و قیمت سے واقف ہوتی گئی اور ہر دم پڑ پڑ کرتی رہنے والی مینا اب دھیمے دھیمے لہجے میں کم ہی باتیں کرتی، لیکن رمضو بابا کے لئے اس کے دل میں پیار کی جڑیں گہری سے گہری ہوتی گئیں۔

بابل کے آنگن میں چہکنے والی چڑیا کب تک آزاد رہتی؟ ہوتے ہوتے بابا کے کانوں میں بھی یہ بات پڑ ہی گئی کہ بی بی ماں کی شادی ہونے والی ہے۔ کیسی خوشی کی خبر تھی۔ لیکن بابا کا دل جیسے ڈوب کر رہ گیا۔۔۔۔ "ڈیوڑھی میں اب میرے واسطے کیا تو بھی رہ جائیں گا مولیٰ!" وہ دل مسوس مسوس کر رہ جاتے۔ بی بی ماں اپنے گھر کی ہو رہی تھی۔ یہ بھی ناممکن تھا کہ وہ دعا کرتے کہ یہ سماعت ٹل جائے۔ ایک نہ ایک دن تو بی بی ماں کو یہ ڈیوڑھی، یہ آنگن، یہ میکہ چھوڑنا ہی تھا۔ اچھا ہے جہاں رہے میری بچی خوش رہے۔ لیکن اپنی بچی کو مجھے کچھ نہ کچھ تو دینا ہی چاہئے۔

اپنے میٹھے سبھاؤ اور نرم سلوک اور شیریں زبان کی وجہ سے بابا نے سارے نوکروں میں ایک مقام بنا لیا تھا۔ دائی ماں سے ان کے صلاح مشورے خوب چلتے تھے۔

"دائی ماں، سونا تو بہت مہنگا ہے۔ میں بی بی ماں کو کیا تو بھی دیوں؟" ایسا سوچاہوں کہ ایک آدھ کپڑوں کا جوڑا دیوں۔"

"جی ہو میاں جی۔۔۔۔۔ ضرور دیو آپ۔ آپ کا دیا ہوا ٹکڑا بھی برکت بھر اہوئیں

گا۔ آخر کو آپ اتا اللہ کا کلام یاد کرے وے ہیں۔"

"تو دائی ماں کم خواب کا جوڑا دیوں؟"

دائی ماں نے ترس بھری نگاہوں سے انہیں دیکھا۔ ٹال کر بولیں، "ائی کم خواب کائے کو؟ اپنا دور ادیو کوئی۔" وہ جانتی تھیں کہ اتنا مہنگا کپڑا ان کے بس کا نہیں۔۔۔۔

"اطلس کا کیسا رہیں گا؟"

"نکو میاں جی، اطلس کے بہوت سارے جوڑے سل رئے۔"

"پھر جامہ دار کا؟"

"جامہ دار چبھتا بولتے بی بی ماں۔" وہ ٹالے جاتیں۔

"اب میں غریب عورت کیا مشورہ دیوں۔ آپ تو خود لائخ آدمی ہیں۔"

"اپنا لال مدرے نئیں تو سوسی کا جوڑا اور ململ کا دوپٹہ۔"

"جی ہو، یہ بہوت اچھا رہیں گا۔"

"ہور میرے کو تو دائی ماں کچھ دکھتا نویں، بہوت پہلے جب آنکھاں تھے تب دکھتا تھا۔ گھر کے عورتاں چمکی ستارے گوٹا ٹانکتے تھے۔۔۔۔ اس سے کپڑوں پر رونخ اور چمک آ جاتی تھی۔"

"جی ہو میاں جی۔"

"مگر ٹانکے گا کون؟"

"ائی میاں جی، اتے پوٹیاں ہیں، چپ کد کڑے لگا لیتے، گھوتیاں پھرتیاں، اس کی آپ فکر نہ کرو۔ بس میرے کو پیسے دے دیو۔۔۔۔ میں سوب کر لیوں گی۔"

"کپڑے۔۔۔۔ دوپٹہ۔۔۔۔ گوٹا۔۔۔۔ چمکی سب ملا کو کم ہے کم دس روپے ضرور اچ ہوئیں گے میاں جی۔"

وہ بیٹھتے بیٹھتے دھنس سے گئے۔ غریب چاؤش کو دے دلا کر، کبھی کبھی کبھار کی چار آٹھ آنے کو ہوتے ہی کیا تھے۔ ان چار آٹھ آنوں میں کبھی وہ بی بی ماں کو بیسن کے مرکل، بیر، جام خرید کر کھلا دیتے تھے۔ کبھی سستی آتی تو خود چاؤش کے ہاتھ سے ایک آدھ پیالی چائے اسلامی ہوٹل سے منگا کر پی لیتے تھے۔ اس وقت تو جیب میں دمڑی بھی نہ تھی۔ بڑی مشکل سے بولے،"شادی کب ہے مگر دائی ماں؟"

"بس تین ہفتے ہی تو رہ گئے ماں۔" دائی ماں ٹھنڈی سانس بھر کر بولیں،"پھر تو میری مینا۔۔۔۔ میری چہکتی بلبل میرے آنگن کو سونا کر دے گی۔"

وہ آنکھوں میں بھر آنے والے آنسو پونچھنے لگیں۔ رمضو بابا کا اپنا دل بھی نمکین پانی میں ڈوبنے لگا۔

یہ الگ داستان تھی کہ رمضو بابا نے کس طرح دس روپے کی رقم جوڑی۔۔۔۔ اپنی چائے پانی چھوڑ دی، پیٹ کاٹا۔ پاس پڑوس کے صاحب حیثیت بچوں کو چاؤش سے بلوا کر درس دیئے، راتوں کو نیندیں حرام کیں، کسی کو دن میں پڑھایا، کسی کو رات میں۔ نہ چاؤش کو اپنی تنخواہ دینی بند کی، نہ اس سے ادھار سدھار کا سوال کیا۔ بس ایک ہی دھن تھی کہ کسی طرح دس روپے جمع ہو جائیں۔ پھر یہ ڈر بھی تھا کہ ڈیوڑھی کے مالکوں کو پتہ نہ چل جائے کہ بابا آس پڑوس کے بچوں کو بلا بلا کر پڑھاتا اور پیسے وصول کرتا ہے۔ رات کو پڑھاتے، دن بھر جماہیوں پر جماہیاں لیتے۔ چاؤش کہتا بھی۔۔۔۔ "میاں جی، اتنی سستی آ رہی ہے تو ایک کوپ چائے لا دیوں؟"

"وہ ہنس کر بولتے، "اگے نئیں میاں، سستی کائے کی؟ ابھی تو سارے نوکروں کو چائے پی تھی۔"

اور جب دس روپے کی خطیر رقم دائی ماں کے ہاتھوں میں پہنچی تو بڑھا پا ٹوٹ کر بابا پر

برس چکا تھا۔ سفید جھاگ ایسے بال صافے میں جھانکتے ہوئے۔ کمزوری سے ہلتا ڈولتا، جسم اس کے ساتھ ہلتی کانپتی ڈاڑھی۔ ہاتھوں میں رعشہ۔۔۔۔ دائی ماں نے روپے ان کے ہاتھوں سے لئے تو حیرت سے انہیں دیکھ کر بولیں، "ائی ماں جی، آپ کا جی اچھانئیں کیا؟ اتنے کمزور کائے لگ رئے؟" وہ ٹوٹی ہوئی آواز سے بولے، "میری بی بی ماں چلی جائے گی بول کے، سوچ سوچ کے یہ حال ہو گیا۔"

یہ تو سب ہی کے دل کی آواز تھی۔۔۔۔ دائی ماں بھی سسک کر رہ گئی۔

سلیم شاہی، بنا آواز کی جوتیاں پہنے، آتے جاتے بڑے بڑے نواب صاحب دیکھتے کہ ڈیوڑھی میں ادھر درز نیں بیٹھی لچ لچ گوٹے، سانچے، سلمٰی ستارے، بانکڑیاں، کرنیں ٹانک رہی ہیں۔ اطلس، شامو، جامے دار، بنارسی اور کم خواب کے تھانوں کے تھان کھلے ہیں۔ سنار مسلسل زیورات بنانے میں جٹے ہوئے ہیں ۔۔۔۔ جوہری سچے ہیرے اور موتیوں کے پٹارے کھولے بیٹھے ہیں، اور ادھر غلام گردش میں ایک جوڑا سل رہا ہے۔ سستے مول کی چمکیوں سے اسے سنوارا جا رہا ہے۔۔۔۔ جھوٹی لچے سے ململ کی سجاوٹ بڑھائی جا رہی ہے اور دو کانپتے ہاتھ اس جوڑے کو اٹھا کر بار بار اپنی بے نور آنکھوں تک لے جاتے ہیں۔ ایک بوڑھی، لرزتی آواز بار بار پاس بیٹھی لڑکیوں سے پوچھتی ہے، "چھو کریو، میری بی بی ماں اس جوڑے میں شہزادی لگے گی نا؟" اور لڑکیاں آنکھوں ہی آنکھوں میں دکھ سے بوجھل نظروں کا تبادلہ کر کے انہیں جیسے دلاسہ دیتی ہیں، جی ہو میاں جی، اتا اچھا جوڑا تو بی بی پاشا کے جہیز میں ایک بھی نئی ہوئیں گا۔"

"خدا اس کا سہاگ بنائے رکھے۔۔۔۔ مجھ اندھے کا کتنا خیال رکھتی تھی۔۔۔۔ نہ دنیا بار بار جنم لے گی، نہ ایسی چاند سورج کے ویسی بے مثال بچی پیدا ہوئیں گی۔۔۔۔ میری بی بی ماں۔۔۔۔ میری بچی۔۔۔۔"

تمہاری بچی؟۔۔۔ بڑی پاشا چلائیں "شرم آنا نا تم کو۔۔۔۔ یہ پھٹے کپڑے چیتھڑے، گو دڑیاں لٹکا لے کو ہماری شہزادی جیسی بچی کو اپنی بچی بولتے۔"

اور انہوں نے پوری طاقت سے جو جوڑا اٹھا کر جو پھینکا تو وہ سیدھا رمضو بابا کے پیروں میں جا پڑا۔

رمضو بابا کے آنکھیں نہیں تھیں، کان تو تھے، اور ان کے کانوں نے مدھم سی، چلنے کی چاپ سنی۔۔۔۔ پھر ان کے کانوں میں ہلکی سی ضبط بھری سسکی سی ابھری کوئی قریب آیا، پھر ان کے کانوں نے یوں سنا جیسے کسی نے ان کپڑوں کا بوسہ لیا ہو۔ پھر ان کے کانوں نے با قاعدہ سنا۔۔۔۔ اور یقیناً یہ آواز ایک درد مند دل کی ہی ہو سکتی تھی۔

"بیگم۔۔۔۔" انہوں نے محسوس کیا کہ کوئی ان کے پیروں میں جھکا ہو اور اس نے وہ کپڑے اٹھا لئے ہوں۔

"بیگم۔۔۔۔ آپ نے یہ کپڑے پھینک دیئے! یہ کپڑے بیگم! جو اس دنیا میں تیار نہ ہوئے ہوتے تو صرف جنت سے ہی اتارے جا سکتے تھے اور جنہیں لے کر فرشتے بھی ڈرتے ڈرتے اس دنیا میں خدم رکھتے۔۔۔۔ آپ کو ان کپڑوں کی خدر و خیمت معلوم ہے بیگم صاحبہ۔۔۔۔ ان کے ایک ایک ٹانکے میں محبت گوندھی گئی ہے۔۔۔۔ کتنے راتوں کی جاگ اور کتنے بھوکے لمحوں کا کرب ان میں گھلا ہوا ہے۔۔۔۔ بیگم یہ جوڑا خون دل کی لالی سے سرخ ہے۔۔۔۔ اس کے جھوٹے گوٹے اور سستی چمکیوں پر مت جائیے۔ اس میں جو چمک ہے وہ آپ کے سارے ہیرے اور موتیوں میں مل کر بھی نہیں ہو سکتی۔۔۔۔"

سارے مہمان، براتی، سمدھیانے والے حیرت سے کھڑے سن رہے تھے۔ وہ ایسی نرم آواز میں، جو ہزار حکموں پر بھاری تھی، دھیمے سے بولے، "بی بی ماں کی غذ خوانی کے وخت اس کو یہی اچ جوڑا پہنایا جائیں گا۔"

"مگر آپ اتنا تو سوچو، سارا حیدرآباد۔۔۔۔"

نواب صاحب نے بیگم صاحبہ کی بات کاٹ دی، "ہم آپ کا مطلب سمجھتے ہیں اور آپ یہ بھی جانتے ہیں کہ ہم کسی کو کسی کام سے منع کرتے نہ کسی کے کام میں دخل دیتے۔۔۔۔ مگر ہم آپ کو کہے دیتے ہیں کہ بی بی ماں کی شادی اسی جوڑے سے ہوتی اور خاعدے کے مطابق شادی کا جوڑا جو دوسرے دن خیرات کر دیا جاتا ہے۔۔۔۔ یہ جوڑا خیرات میں نہیں دیا جائیں گا۔ یہ جوڑا نسل در نسل سنبھال سنبھال کر رکھا جائیں گا کہ لوگوں کو یاد رہے کہ محبت اس طرح کی جاتی ہے اور محبت کے یادگاراں اس طرح سنبھال کر محفوظ کئے جاتے ہیں۔"

انہوں نے اپنے آنسو پونچھ کر رمضو بابا کے ہلتے کانپتے وجود کو سنبھالا جن کے ہونٹ تھر تھرا رہے تھے۔

"زندگی میں آج پہلی بار جی چاہ رہا ہے کہ خدایا میرے بھی آنکھاں ہوتے اور میں اس مہربان چہرے کو دیکھ سکتا۔۔۔۔" رمضو بابا کے ٹوٹے دل سے دعا نکلی اور وہ نواب صاحب سے لپٹ کر چیخ چیخ کر رونے لگے۔

(۲) زکوٰۃ

چاند آسمان پر نہیں نیچے زمین پر جگمگا رہا تھا! نواب زین یار جنگ کے برسوں پہلے کسی شادی کی محفل میں ڈھولک پر گاتی ہوئی میر اٹھنوں کے وہ بول یاد آ گئے:

کیسے پاگل یہ دنیا، کے لوگاں ماں۔

چھت پوکائے کو تو جاتے یہ لوگاں ماں۔

آنکھا کھلے رکھو تا کا جھانکی نکو۔

اپنے آنگن کو دیکھو ماں۔۔۔۔۔ چند اسجا کیسے پاگل

واقعی وہ پاگل ہی تو تھے۔ اب یہ پاگل پن تو نہیں تو اور کیا تھا کہ اتنے زمانے سے اس حویلی میں رہ رہے تھے اور اب تک یہی معلوم نہیں ہو سکا تھا کہ چاند آسمان پر ہی نہیں زمین پر بھی چمک سکتا ہے۔

عید کی آمد آمد تھی۔۔۔۔۔ کل بھی ساری حویلی کے لوگ چاند دیکھنے کے لئے چھت پر چڑھے تھے۔۔۔۔۔ نواب صاحب کی کچھ تو عمر بھی ایسی تھی، کچھ عید کی خوشی بھی انہیں نہ ہوتی تھی کہ روزے نمازوں سے وہ اللہ تعالیٰ کے پاس سے معافی لکھوا کے لائے تھے۔ عید کے چاند کی اصل خوشی تو ان روز داروں کو ہوتی ہے جو رمضان بھر کے پورے روزے رکھتے ہیں۔ وہ چھت پر جاتے بھی تو کیوں؟ لیکن آج سب نے ہی ضد کی۔۔۔۔۔ یہاں تک کہ حویلی کے مولوی صاحب نے بھی کہا، "مبارک مہینوں کی پہلی کا چاند دیکھنے سے بینائی بڑھتی ہے اور برکتوں کا نزول ہوتا ہے۔" تو وہ برکتوں کے نزول سے زیادہ بینائی بڑھانے کے لالچ میں اوپر چلے آئے، کیوں کہ آج کل وہ واقعی آنکھوں کی کمزوری کا شکار

ہو رہے تھے۔۔۔۔ عمر تو یہی کوئی چالیس بیالیس کے قریب تھی، وہ منزل ابھی نہیں آئی تھی کہ ان پر ساٹھے پاٹھے کا اطلاق ہونے لگتا۔ لیکن جوانی کو وہ شروع جوانی سے ہی یوں دل کھول کر لٹاتے آرہے تھے کہ اکثر اعضاء کس بل کھو چکے تھے۔ وہ اپنے حسابوں وہ ابھی تک خود کو بڑھا دھا کڑ جوان سمجھتے تھے۔ لیکن خواب گاہ سے نکلنے والی طرار اور گھاٹ گھاٹ کا پانی پی ہوئی خواصیں دوپٹوں میں منہ چھپا چھپا کر ہنس ہنس کر ایک دوسری کو راتوں کی وارداتیں سناتیں تو دبے چھپے الفاظ میں ان کی جوانی کا پول بھی کھول کر رکھ دیتیں۔

"اجاڑ پتہ اچ نئیں چلا کی رات کدھر گزر گئی۔۔۔۔"
"کیوں؟" کوئی دوسری پوچھتی "اتے لاڈاں ہوئے کیا؟"
"لاڈاں؟" وہ ہنس کر کہتی، "اگے جو کا سوئی تو بس سوتی اچ رہی۔۔۔۔ اجاڑ دم ہی کیا ہے بول کے انوں میں۔"
کوئی یوں ہی سر جھاڑ منہ پہاڑ گھومتی تو دوسری ٹھیلتی، "اگے غسل نئیں کری کیا میں ابھی حمام میں گئی تھی تو پانی گرم کا گرم ویسا اچ رکھے داہے۔"
وہ الجھ کر بولتی، "بابا وہ اور بھایاں بن کے کوئی مرد سوئیں گا تو کائے کا غسل اور کائے کی پاکی؟"

لیکن ان تمام باتوں سے نواب صاحب کی جوانی پر کوئی حرف نہیں آتا تھا۔ آخر حکیم صاحب کس مرض کی دوا دیتے تھے؟ اور پھر حکیم صاحب کا کہنا یہ بھی تھا کہ "قبلہ آپ زیادہ سے زیادہ نو خیز چھریاں حاصل کرنا۔ ایسا کرے اچ تو چ آپ کو زیادہ خوت ملتی ہور آپ زیادہ دناں جوان رہتے۔"
لیکن اس وقت نواب صاحب کا چھت چاندنی پر جانا قطعی کسی بری نیت سے نہ تھا۔

وہ تو واقعی عید کا چاند دیکھنے کے لئے اوپر چڑھے تھے۔ چاند وا ند تو انہیں کیا نظر آتا، جس نے جدھر انگلی اٹھا دی، ہو ہو۔۔۔۔ جی ہو۔۔۔۔۔ جی ہو۔" کر کے ادھر ہی نظر جما دی۔ لیکن اچانک اپنی بلند بانگ حویلی کی آخری اور اونچی چھت پر سے ان کی نظر پھسلی اور نیچے کے غریبانہ ملگی (جھونپڑی) کے آنگن میں ٹھہر گئی۔۔۔۔ آنکھیں کمزور تھیں ضرور، پہلی کا چاند یقیناً نہیں دیکھ سکتی تھیں، لیکن چودھویں کا چمچماتا چاند سامنے ہو تو کمزور بینائی والی آنکھیں خود بھی جگمگانے لگتی ہیں۔

"کیسے پاگل تھے ہمیں۔۔۔۔ اتنے دناں ہو گئے ہو رہے بھی نئیں معلوم کرے کی ایس پڑوس کیسا ہے اپنا۔"

دیوان جی سامنے ہی کھڑے ہاتھ مل رہے تھے۔

"آپ تو کبھی ہم نابولنا تھا کی پڑوس میں خیامت ہے۔"

"جی۔۔۔۔ جی۔۔۔۔ وہ۔۔۔۔۔ وہ سرکار میں نے کبھی غور نئیں کرا۔"

"آپ کو غور کرنے کی ضرورت بھی نئیں، بس آپ کیسا تو بھی کر کے، وہ لڑکی حاضر کر دینا۔ فخط اتا چ کام ہے آپ کا۔"

دیوان جی پلٹے تو انہوں نے پاس والی دراز کھولی اور کھن کھناتے کل حالی روپوں سے بھرا بٹوا اچھال کر دیوان جی کے پیروں میں پھینکا۔

"ہم مفت میں کوئی چیز نہیں لیتے۔ وہ چھوکری اگر چوں چرا کری، یا ماں باپ اگر مگر کرے تو یہ روپے پکڑا دینا۔۔۔۔ ان لوگاں زندگی پھر کھائیں گے تو بھی اتے روپے ختم نئیں ہوئیں گے۔"

لیکن دوسرے ہی دن دیوان جی پھر اسی طرح کھڑے تھے۔ ہاتھ ملتے ہوئے خالی روپیوں کا توڑا انہوں نے ٹیبل پر رکھ دیا تھا۔

"سرکار۔۔۔۔" ان کی زبان ان کا ساتھ نہیں دے رہی تھی، "انے۔۔۔انے۔۔۔۔"

"یہ انے انے کیا کررے آپ؟" سرکار اُلجھ کر بولے، "جو بات ہے، صاف بولتے ہو اکیانئیں کچھ؟"

"سرکار وہ لوگاں بہوت ہی شریف لوگاں نکلے۔ بولنے لگے، روپے پیسے میں بیٹیاں کیسیا بیچے۔ ہم شریف نمازی اللہ والے لوگاں ہیں۔ ہماری بیٹی کو ہم اللہ رسول کے بنائے خانون کے مطابق عخد خوانی کر کے وداع کریں گے۔ ہور۔۔۔۔ ہور۔۔۔ سرکار اتا وزنی توڑا اُٹھا کے انوں میرے مونہہ پو پھینک مارے۔"

نواب صاحب دانت پیس کر بولے، "تو آپ انسان کی اولاد بولتا تھانئیں کی ایسا ہے تو عخد میں دے دیو؟"

دیوان جی لرز گئے۔۔۔۔ نواب صاحب انتہائی غصے کی حالت میں ہی نہیں بجائے گالی دینے کے انسان کی اولاد کہا کرتے تھے جو ہزار گالیوں سے بدتر گالی تھی۔

"بولا سرکار۔"

"پھر ان لوگاں کیا بولے؟"

"بولے۔۔۔۔ بولے سرکار کی عمر بہت ہوتی، ہماری بچی کچی عمر کی ہے۔"

اس وقت دیوان جی کے مونہہ سے "کچی عمر" سن کر نواب صاحب کے انگ انگ میں خون بول اُٹھا۔ ذرا بھنا کر بولے، "ہم نازیادہ عمر کے دکھتے جی؟"

"نئیں سرکار۔" دیوان جی چاپلوسی سے بولے، "ایسی بھی کیا عمر ہوئیں گی آپ کی۔ ایسے ایسے تو کتے پوٹاں آپ۔۔۔۔" پھر وہ ادب تہذیب کا خیال کر کے چپ ہو گئے، لیکن نواب صاحب کی باچھیں کھل گئیں، وہ مسکرائے:

"وئی اچ تو ہم بھی کہہ رہے تھے۔۔۔۔" اچانک وہ پھر سنجیدہ ہو گئے "مگر وہ چھوکری کیسا تو بھی ہم کو ملنا۔"

"آپ عقل والے ہیں، سرکار آپ سوچو، ہم غریب کم عقل لوگاں۔۔۔۔ آپ جیسا حکم دئے ویسا بجالائے۔۔۔۔ بس۔۔۔۔"

"یہ پتہ چلاؤ آپ کی گھر میں کتنے لوگاں ہیں۔۔۔۔"

"وہ میں چلا لیا سرکار۔۔۔۔" دیوان جی جلدی سے بولے، "ماں ہے، بیمار باپ ہے۔۔۔۔ چل پھر نئیں سکتی، سو دادی ہے۔ ہور تین چار چھوٹے چھوٹے بھایاں بہناں ہیں ۔۔۔۔ یہ اجالا اچ سب سے بڑی ہے۔"

نواب صاحب کا ذہن جیسے روشن ہو گیا۔ اجالا۔۔۔۔ اتنا خوبصورت نام! بے تابی سے بولے، "جیسا مونہہ ویسا اچ نام۔"

"جی ہو سرکار، سچ مچ اجالا اچ ہے۔ ہندھارے (اندھیرے) میں بھی بیٹھے سو اجالا ہو جاتا۔۔۔۔"

"آپ چپ اس کے تعریفاں نکو کرو جی" نواب صاحب جل کر بولے، " آپ اب یہ کرو کی ان لوگاں کو جا کو بولو کی نواب صاحب آس پاس کے پورے گلیاں توڑ کو پکا احاطہ بنوارئیں۔ بول کو یہ جگہ کل شام تک اچ خالی کر دینا۔"

دیوان جی خوش ہو کر بولے، "جی ہو سرکار! بہت اچھی بات سوچے آپ۔۔۔۔ اتنا بڑا کنبہ لے کو ہکل کو کہاں جائیں گے بدبختاں۔۔۔۔ جھکنا پڑے گا۔"

عید کے دن روتے دھوتے میاں بیوی سرکار کے حضور میں پیش ہوئے۔

"حضور۔۔۔۔ سرکار۔۔۔۔ آپ کے خدموں میں زندگی کٹ گئی۔ اب کدھر جانا؟ بڑھی ماں ہے، اٹھ کو اپنے آپ سے بیٹھ بھی نئیں سکتی۔ یہ مرد میرا کب سے دخ کا بیمار

ہے۔ چھوٹے چھوٹے بال بچے۔ اتیچ بولو سرکار۔ کاں جانا۔۔۔" سکینہ بی رو رو کر کہنے لگی۔

"ہمارے حویلی کے نوکر خانے میں بہت جگہ ہے، یہاں آجاتے۔" نواب صاحب نرمی سے بولے۔

اپنے بیمار شوہر پر نظر پڑتے ہی اس کا حوصلہ جواب دے گیا۔

"احسان ہے سرکار کا۔۔۔ سچی بولتی ساری رعیت کی حضور بڑی دیوال ہئیں۔"

اور یہ حقیقت بھی تھی کہ نواب زین یار جنگ سے بڑا دل والا ان سے زیادہ سخی، ان سے زیادہ دیوال، کوئی نواب حیدر آباد نے پیدا نہیں کیا۔۔۔۔ لینے سے انہیں سخت چڑ تھی۔ خود اپنے رشتہ داروں، عزیزوں سے بھی زندگی میں کبھی ایک پائی کا تحفہ قبول نہیں کیا۔ سدا ہاتھ اٹھا ہوا ہی رہتا تھا، لیکن صرف دینے کے لئے۔ دینے میں تو اس حد تک پہنچے ہوئے تھے کہ ان کی ہاتھوں سے کتنی ہی قیمتی چیز کیوں نہ گر جاتی، کبھی جھک کر اٹھاتے بھی نہ تھے۔۔۔۔ ملازموں سے اٹھواتے اور پھر ان ہی کو بخشش بھی دیتے۔

سوداگروں کا ایک خاندان حیدرآباد میں مدتوں راج کرتا رہا۔ اتنی دولت سوداگروں کے خاندان میں آئی کہاں سے؟ ہوا یہ تھا کہ ایک بار ان ہی نواب صاحب کے ہاتھوں سے بچپن میں سونے کی جگر مگر اشرفیوں سے بھری تھیلی چھوٹ کر زمین پر گری۔ سخاوت تو بچپن سے ہی گھول کر پلائی گئی تھی۔ جھکنا بھی کبھی نہ جانا تھا۔ ملازم کو بلایا اور اس نے تھیلی اٹھا کر دینا چاہی تو غصے سے بولے، "گر ہو امال ہم نا دیتا ہے نا مخول۔۔۔۔ نکل جا ابھی حویلی سے، ہو رے تھیلی بھی لیتا جا۔"

تھیلی کے ساتھ جیسے اس کی خوش بختی بھی لگ گئی تھی۔۔۔۔ بعد میں کہتے ہیں اس نے کوئی کاروبار کیا اور خود بھی بڑے بڑے نوابوں کی طرح رہا جیا۔۔۔۔ سوچو بچپن سے ایسا

تھا، بڑا ہو کر کیا نہ بنتا کہ بچپن کی عادتیں ہی بڑے ہو کر پختہ اور راسخ بنتی ہیں۔

حویلی کا نوکر خانہ محض نام کا ہی نوکر خانہ تھا۔ اچھے اچھوں سے اعلیٰ رہائش مصیبت کے ماروں کو نصیب ہو گئی۔ دل میں ایک وسوسہ ضرور تھا کہ اللہ جانے اس عنایت اور بخشش کا نواب صاحب کیا مول مانگیں۔۔۔۔۔ مگر نواب صاحب بھلا کیا مانگتے وہ تو صرف دینے کے قائل تھے۔

احسانوں سے چور سکینہ بی کا بس نہ چلتا کہ اپنی جان کو نواب صاحب پر سے صدقے کر کے پھینک دیتی۔۔۔۔۔ کسی نہ کسی طرح کہ کچھ تو سرکار کے کام آ سکوں۔ چھوٹے بچوں بچی کو اور کچھ نہیں تو پاؤں دبانے کو ہی سرکار کے کمرے میں بھیج دیتی۔

سرکار ایک دن مسکرا کر بولے، "اتنے اتنے بچے کیا پاؤں دبائیں گے، ایسا ہی ہے تو بڑی کو بھیج دیا کر۔۔۔۔۔"

سکینہ بی نے ہول کر انہیں دیکھا۔۔۔۔۔ یاد آ گیا کہ ان ہی سرکار نے تو بیٹی کو خریدنے کے لئے توڑا بھر مالی روپے بھجوائے تھے۔۔۔۔۔ جب روپیوں سے بیٹی نہیں بچی تو اب۔۔۔۔۔ اب خالی کمرے میں، بند دروازوں کے پیچھے یوں ہی اکیلے بیٹی کو کیسے بھیجے؟ سرکار نے اس کے چہرے پر لکھے ہوئے خیالات ایک ہی نظر میں پڑھ ڈالے۔

"ہم نا معلوم ہے تو کیا سوچ رئی۔ پر یہ بھی سوچ، ہم چاہتے تو کیا تیری بیٹی پر زور زبردستی کر کے اس کو اٹھوا کے نہیں منگا سکتے تھے! ہم کو روکنے والا کوئی ہے کیا؟"

"سرکار، آپ شادی اچ کر لیو۔۔۔۔۔" مجبور سکینہ بی رو دینے والے لہجے میں بولی، "جوان بیٹی کی عزت کا نچ کا برتن ہوتی۔۔۔۔۔ ذرا دھکا لگی کی ٹوٹی۔"

"شادی؟" نواب صاحب کچھ غصے اور کچھ اچنبے سے بولے، "شادی کا مطلب ہوتا ہے پوری زندگی بھر کی ذمہ داری۔۔۔۔۔ پھر وارثاں پیدا ہو گئے تو جائداد کے جھگڑے

الگ اٹھتے، تو پاگل ہے کیا؟"

سکینہ ڈرتے ڈرتے بولی "پن سرکار وہ جب آپ کے شیروانی ہور اونچی ٹوپی والے نوکر آئے تھے توانوں توبولے تھے کہ آپ۔۔۔۔۔ وہ مصلحتاً چپ رہ گئی۔"

نواب صاحب سچائی سے بولے، "ہم بولے تھے ضرور، مگر ہمارا مطلب وہ نئیں تھا ہم تو متعہ کرنے کا سوچے تھے۔"

"مت۔۔۔۔ مت۔۔۔۔ متعہ؟" سکینہ ہکلا ہکلا کر بولی، وہ کیا ہوتا سرکار۔"

سرکار نے صاف صاف کہہ دیا، "ابھی جب ہم دو ہفتے کے واسطے جاگیر پو گئے تھے کی نئیں تو بغیر عورت کے کیسا رہنا۔۔۔۔ بول کے ہم شادی کر لئے وہاں ایک چھوکری سے۔ پھر واپس آنے لگے تو طلاق دے کو آ گئے۔ مطلب یہ کہ تھوڑے دنوں کی شادی۔۔۔۔ تو ڈر مت۔۔۔ ہم طلاق دیں گے تو مہر کے نام پو اتا پیسہ وی دیں گے کی تیری دو پشتیں چین سے کھا لینا۔ اتار دیں گے۔۔۔۔ بس ہمارے جی بھرنے پر ہے کہ ہم کب طلاق دیتے۔ پر اتا ہور سن لے، ایسے ایسے تو کوئی متعہ ہم کرے، پر جہاں کسی پنچ کمینی ذات سے وارث پیدا ہونے کے امکان ہم نا نظر آئے ہم اپنے حکیم جی سے کوئی بھی گرم دوا کھلا دیتے کی گندے خون کا وارث ہم نانئیں ہوتا۔"

"یہ سب حرام ہے سرکار۔۔۔۔۔ یہ کام حرام ہے۔" سکینہ کا رواں رواں چلا رہا تھا مگر سکینہ میں، جی ہو، یا جی نئیں، کہنے کی سکت ہوتی تب نا۔۔۔۔ وہ تو ہونقوں کی طرح بس مو نہ کھولے بیٹھی کی بیٹی تھی اور نواب صاحب فتوے پر فتوئ صادر کئے جا رہے تھے، "ہم محذ خوانی کرکے باخائدہ بیاہتابی بی تو بس ایک ہی رکھے ہیں، جو بڑی پاشا کے نام سے مشہور ہیں۔۔۔۔ ویسے ہم نے دینا ہی دینا سیکھا ہیں بس۔۔۔۔ اس واسطے اب یہ جتی ہی غریب غربا بو ٹیاں، خواصاں ہمارے ساتھ رہتے ہم سب کو باری باری متعہ کرتے رہے ہو

طلاق دیتے رہتے۔۔۔۔۔ آخر غریبوں کا پیٹ تو پلنا ہی چاہئے نا۔ ہم نئیں دیں گی تو ان لوگاں کا کیا ہوئیں گا؟"

یہ تو اس جھٹ پٹے کی بات تھی جس میں نواب صاحب نے چھت کی اونچائی پر سے میلگے اندھیرے میں دور نیچے چاند چمکتا دیکھا تھا۔ وہ دوری اور یہ قربت!

آج انہیں یہ پتہ چلا کہ اجالا کیا چیز تھی۔ اونہہ بال تو ان کم بخت غریب حیدر آباد کی عورتوں کو اللہ تعالیٰ نے جی کھول کر دیئے تھے، اس کی کوئی بات نہیں۔ لیکن رنگ؟ کیا رنگ تھا! چاندی کو گھول کر جیسے اس کے جسم میں، رگ رگ میں دوڑایا گیا تھا۔ پھر آنکھیں تھیں، شراب و راب سب بے کار چیز ہے۔ یہ آنکھیں تو صرف اس لئے بنی تھیں کہ جن پر اٹھیں انہیں ہوش و حواس سے بیگانہ کر دیں۔ قد و قامت تو جو تھا وہ سامنے ہی تھا۔۔۔۔ عربی شاعری میں عورت کے حسن کی تعریف یوں کی گئی ہے کہ عورت کے برہنہ جسم پر اگر ایک چادر سر پر سے ڈال دی جائے تو وہ چادر صرف دو جگہ سے جسم کو مس کرے۔۔۔۔ ایک سینے پر سے دوسرے کولہوں پر سے۔۔۔۔ باقی چادریوں ہی جسم کے لمس کو ترستی رہے۔ اجالا ایسے ہی جسم کی مالک تھی جو چادروں کو ترساتا ہے۔۔۔۔ دو صبح رخساروں سے سجے ہوئے وہ قاتل ہونٹ، جو اجالا کا سب سے بڑا سرمایہ تھے۔ وہ ہونٹ جو ایک ایسی چپ چاپ کٹیلی کٹیلی اور ہلکی سی طنزیہ مسکراہٹ سے مہکے اور دہکے ہوئے تھے کہ نواب صاحب اپنے آپ کو بچا ہی نہ سکے۔

سب سے زیادہ حیرت تو نواب صاحب کو اس بات پر تھی کہ انہیں حکیم صاحب کی مطلق بھی ضرورت نہیں پڑی تھی۔ وہ جو بجائے خود ہیروں، موتیوں، سونے چاندی اور جواہرات کی کشیدہ تھی، اس کے ہوتے ہوئے کسی معجون کی کیا ضرورت تھی۔

کیسے کیسے اس لمحے اس نواب صاحب کو عطا کئے کہ اپنی ساری پچھلی زندگی انہیں بے

کار، بے رس اور برباد نظر آنے لگی۔ اس کے ساتھ ساتھ گزرا ہوا ایک ایک دن انہیں جنت میں گزرا ہوا معلوم ہوتا۔۔۔۔ یہ سب تو تھا، لیکن اجالا نے کبھی ان سے بات نہیں کی۔۔۔۔ ہر چند کہ وہ اس کی کمی محسوس بھی نہیں کرتے تھے، لیکن پھر بھی دل چاہتا ضرور تھا کہ یہ دو آتشہ شراب، یہ قیامت، یہ فتنہ کچھ جادو اپنے دہن لب سے بھی جگائے۔ کسی بھی بات پر بس وہ ہلکی سی چھپتی ہوئی مسکراہٹ کے ساتھ سر جھکا لیتی۔ بس گردن کی ایک ہلکی سی جنبش اس کی ہر بات کا جواب دے دیتی۔

"تمے ہمارے ساتھ خوش ہے نا، اجالا؟"

جواب میں وہ طنزیہ، ہلکی سی، قاتل سی مسکراہٹ اور بس!

"تمہارا کوئی چیز پوچی چاہتا؟ ویسے تو ہم ابھی تم کو سب دے ڈالے۔ پھر بھی کچھ ہونا؟"

گردن کی ایک جنبش سے وہ "نہیں" کا اظہار کر دیتی۔

"تم بات کیوں نہیں کرتے اجالا۔۔۔۔ تمے اتنے خوبصورت ہے۔ تمہاری آواز بھی بہوت بی بہوت اچھی ہوئیں گی۔۔۔۔ کبھی تو بولا چالا کرو۔"

وہی مسکراہٹ، کچھ قاتل، کچھ بھولی، کچھ کٹیلی، کچھ طنز میں ڈوبی۔۔۔۔ مگر ہلکی سی! نواب صاحب کی محفلیں جمتیں تو اپنی مثال آپ ہوتیں۔۔۔۔ ناچ گانے راگ رنگ، شباب و شراب کی محفلیں۔۔۔۔ وہ بڑے دل والے تھے۔ ایسی محفلوں میں اگر ان کی متعہ کی ہوئی کوئی کنیز کسی دوست نواب کو جی جان سے پسند آ جاتی تو وہ اسے جھٹ طلاق دے کر دوست کو تحفے میں دے دیتے۔ یہ ان کی سخی اور دل والے ہونے کی چھوٹی سی مثال تھی۔۔۔۔ خود ان کے نواب دوستوں میں بھی یہی چلتا تھا، لیکن خود نواب زین یار جنگ نے کبھی کسی کا ایسا تحفہ قبول نہیں کیا کہ وہ بنے ہی اس لئے تھے کہ لوگوں کو دیا

کریں۔۔۔۔ لینے کا سوال ان کے یہاں اٹھتا ہی نہ تھا۔

اس رات ایسی ہی ایک ہوش و حواس گم کر دینے والی محفل سجی ہوئی تھی۔۔۔۔ گرما گرم کبابوں کے طشت آ رہے تھے۔۔۔۔ سنہری، نقرئی، بلوریں جاموں میں، جن کے قبضے اور بٹھاوے سونے اور چاندی کے بنے ہوئے تھے، شراب پیش کی جا رہی تھی کہ نواب صاحب کے خاص حکم پر سرخ زر تار لباس میں ملبوس اجالا، سرخ شراب کا چھلکتا ہوا بلوریں جام بن کر محفل میں داخل ہوئی۔۔۔۔ جس نے دیکھا، دیکھتا ہی رہ گیا۔ اوپر کی سانس اوپر۔۔۔۔ نیچے کی نیچے۔

نواب صاحب فخر سے سب کو دیکھ رہے تھے۔۔۔۔ وہ اس وقت دگنے نشے میں تھے۔ ایک شراب کا نشہ اور ایک ایسی بے مثال حسینہ کے احساس ملکیت کا نشہ تھا، جس کا کوئی ثانی ہی نہ تھا۔۔۔۔ وہ فخر سے ایک ایک کو دیکھ رہے تھے، جواب میں دھیرے دھیرے ہوش میں آ رہے تھے۔

"اس کو بولتے جمال۔" کوئی دل تھام کر بولے:

"ہور اس کو بولتے چال۔"

"جنت کے حوروں کا ذکر بہوت سنے۔ آج دنیا میں اچ دیکھ لئے۔"

"اب نواب صاحب کو دوزخ بھی ملی تو کیا غم۔ وہ تو یہیں اچ جنت کے مزے دیکھ ڈالے۔ لے ڈالے۔"

"مگر، خصت، آپ یہ لاخیمت ہیرا کتے میں خریدے؟"

نواب صاحب نے فخر سے سب کو دیکھا۔ جانے وہ کیا کہنے والے تھے کہ زندگی میں پہلی بار۔۔۔۔ ان کے ساتھ گزاری ہوئی زندگی میں پہلی بار اجالا کی بانسری کی طرح نَج

اٹھنے والی آواز ان کے کانوں سے ٹکرائی۔۔۔۔ جو سوال پوچھنے والے نواب صاحب سے مخاطب ہو کر طنزیہ لہجے میں کہہ رہی تھی:

"آپ لوگوں تو بس یہی جانتے کہ نواب زین یار جنگ بہوت بڑے نواب ہئیں ۔۔۔۔ بہوت بڑے دل والے، بہوت سخی دیوال۔ بس دیتے رہتے مگر لیتے نئیں ۔۔۔۔۔ مگر اس حیدرآباد کی، ایک چھوٹے سے غریب گھرانے کی یہ غریب بچی بھی کچھ کم سخی نئیں ہے۔۔۔۔ میں آپ لوگوں کو بتاؤں۔ زندگی بھر کسی سے کچھ نئیں لینے والا میرے سے بھیک لیا سو میں اپنے حسن کی زکوٰۃ نکال تو بھکاریوں اور فخیروں کی خطار میں سب سے آگے جو فخیر جھولی پھیلائے کھڑا تھا وہ یہی اچ آپ کے نواب زین یار جنگ تھے۔۔۔۔ میں تو سنی تھی کہ انوں ایسے دل والے ہئیں کی کسی کا کوئی تحفہ تک نہیں لیتے، بس دیتے اچ رہتے۔۔۔۔ پھر میں پوچھتیوں کی انوں میری خوبصورتی کی "زکوٰۃ" کیسا خبول کر لئے؟ ان کی کیا اوخات تھی کہ میری کو خریدتے، میں خود انوں کو بھکاری بنا دی۔"

وہ جو ہر لمحہ اس کی آواز کو سننے کو ترستے تھے، آج اسی کی آواز سن تو لی، لیکن جیسے کانوں میں ہر دھات پگھلا پگھلا کر ڈال دی گئی کہ پھر اس کے بعد کچھ نہ سن سکے۔۔۔۔ شراب کا جام ان کے ہاتھ سے چھوٹ گرا اور اس کے ساتھ ہی وہ بھی لہراتے ہوئے پھر کبھی نہ اٹھنے کے لئے زمین پر آ رہے۔

(۳) اُترن

"نکو اللہ، میرے کو بہوت شرم لگتی۔"
"ایو اس میں شرم کی کیا بات ہے؟ میں نئیں اتاری کیا اپنے کپڑے؟"
"اوں۔۔۔" چھکی شرمائی۔
"اب اتار تی کی بولوں انا بی کو؟" شہزادی پاشا جن کی رگ رگ میں حکم چلانے کی عادت رچی ہوئی تھی، چلا کر بولیں۔
چھکی نے کچھ ڈرتے ڈرتے، کچھ شرماتے شرماتے اپنے چھوٹے چھوٹے ہاتھوں سے پہلے تو اپنا کرتا اتارا، پھر پاجامہ۔۔۔۔ پھر شہزادی پاشا کے حکم پر جھاگوں بھرے ٹب میں ان کے ساتھ کود پڑی۔

دونوں نہا چکیں تو شہزادی پاشا ایسی محبت سے جس میں غرور اور مالکن پن کی گہری چھاپ تھی، مسکرا کر بولیں، "ہور یہ تو بتا کہ اب تو کپڑے کون سے پین رئی؟"
"کپڑے۔۔۔" چھکی بے حد متانت سے بولی، "یہی اچ میرا نیلا کرتا پاجامہ۔"
"یہی اچ" شہزادی پاشا حیرت سے ناک سکوڑتے ہوئے بولیں۔
"اتے گندے، بدبو والے کپڑے؟ پھر پانی سے نہانے کا فائدہ؟"
چھکی نے جواب دینے کی بجائے الٹا ایک سوال جڑ دیا۔
"ہور آپ کیا پین رئے پاشا؟"
"میں؟" شہزادی پاشا بڑے اطمینان اور فخر سے بولیں۔

"وہ میری بسم اللہ کے دخت چمک چمک کا جوڑا دادی ماں نے بنائے تھے، ونی ا۔۔۔۔ مگر تو نے کائے کو پوچھی؟۔۔۔"

چمکی ایک لمحے کو تو سوچ میں پڑ گئی، پھر ہنس کر بولی، "میں سوچ رئی تھی۔" وہ کہتے کہتے رک گئی۔

"ہو پاشا۔۔۔۔ یہ میرے کو حمام میں بھگا لے تو اس کو اجاڑ مار چوٹی کے ساتھ کیا مٹاخے مار لیتے بیٹھیں؟۔۔۔۔ جلدی نکلو۔۔۔۔ نئیں تو بی پاشا کو جا کو بولتیوں۔۔۔۔"

اپنی سوچی ہوئی بات چمکی نے جلدی سے کہہ سنائی۔

"پاشا میں سوچ رئی تھی کہ کبھی آپ ہور میں "اوڑھنی بدل" بہناں بن گئے تو آپ کے کپڑے میں بھی پہن لے سکتی نا؟"

"میرے کپڑے؟۔۔۔ تیرا مطلب ہے کہ وہ سارے کپڑے جو میرے صندوخاں بھر بھر کو رکھے پڑے ہیں؟"

جواب میں چمکی نے ذرا ڈر کر سر ہلایا۔

شہزادی پاشا ہنستے ہنستے دہری ہو گئی۔۔۔۔ "ایو کتی بے خوف چھوکری ہے۔۔۔۔ اگے تو تو نوکرانی ہے۔۔۔۔ تو میری اترن پہنتی ہے۔۔۔۔ ہور عمر بھر اترن ہی پہنیں گی۔۔۔۔" پھر شہزادی نے بے حد محبت سے جس میں غرور اور فخر زیادہ اور خلوص کم تھا۔۔۔۔ اپنا ابھی ابھی کا، نہانے کے لئے اتارا ہوا جوڑا اٹھا کر چمکی کی طرف اچھال دیا۔

"یہ لے اترن پہن لے۔ میرے پاس تو بہوت سے کپڑے ہیں۔"

چمکی کو غصہ آ گیا۔۔۔۔ "میں کائے پہنوں، آپ پہنو نا میرا یہ جوڑا۔۔۔" اس نے اپنے میلے جوڑے کی طرف اشارہ کیا۔

شہزادی پاشا غصے سے ہنکاری۔ "انابی۔۔۔۔ انابی۔۔۔۔"

انابی نے زور سے دروازے کو بھڑ بھڑایا اور دروازہ جو صرف ہلکا سا بھڑا ہوا تھا، پاٹوں پاٹ کھل گیا۔

"اچھا تو آپ صاحبان ابھی تک ننگے اچ کھڑے دے ہیں۔۔۔۔" انابی ناک پر انگلی رکھ کر بناوٹی غصے سے بولیں۔

شہزادی پاشا نے جھٹ اسٹینڈ پر ٹنگا ہوا نرم نرم گلابی تولیہ اٹھا کر اپنے جسم کے گرد لپیٹ لیا، چمکی یوں ہی کھڑی رہی۔

انابی نے اپنی بیٹی کی طرف ذرا غور سے دیکھا، "ہور تو پاشا لوگاں کے حمام میں کائے کو پانی نہانے کو آن مری؟۔۔۔۔"

"یہ انوں شہزادی پاشا نے بولے کی تو بھی میرے ساتھ پانی نہا۔"

انابی ڈرتے ڈرتے ادھر ادھر دیکھا کہ کوئی دیکھ نہ رہا ہو۔ پھر جلدی سے اسے حمام سے باہر کھینچ کر بولیں۔ چل، جلدی سے جاکر نوکر خانے میں کپڑے پین۔ نئیں تو سردی وردی لگ گئی تو مرے گی۔

"اب یہ چکٹ گوند کپڑے نکو پین، وہ لال پٹی میں شہزادی پاشی پرسوں اپنا کرتا پاجامہ دیئے تھے، وہ جاکو پین لے۔"

وہیں ننگی کھڑی وہ سات برس کی ننھی سی جان بڑی گہری سوچ کے ساتھ رک کر بولی۔۔۔۔ "امی جب میں ہور شہزادی پاشی ایک برابر کے ہیں تو انوں میری اترن کیوں نئیں پہنتے؟"

"ٹھہر ذرا، میں مما کو جاکے بولتیوں کی چمکی میرے کو ایسا بولی۔"

لیکن انابی نے ڈر کر اسے گود میں اٹھا لیا۔۔۔۔ آگے پاشا نے تو چھنال پاگل ہولی ہو گئی ہے ایسے دیوانی کے باتاں کائے کو اپنے مما سے بولتے آپ؟ اس کے سنگات کھیلنا، نہ

بات کرنا، چپ اس کے نام پو جو تومار دیو آپ۔"

شہزادی پاشا کو کپڑے پہنا کر، کنگھی چوٹی کر کے، کھانا وانا کھلا کر جب سارے کاموں سے نِجَھت ہو کر انابی اپنے کمرے میں پہنچیں تو دیکھا کہ چمکی ابھی تک ننگا جھاڑ بنی کھڑی ہے۔ آؤ دیکھا نہ تاؤ دیکھا آتے ہی انہوں نے اپنی بیٹی کو دھتکنا شروع کر دیا۔

"جس کا کھاتی اسی سے لڑائیاں مول لیتی۔۔۔۔ چھنال گھوڑی۔ ابھی کبھی بڑے سرکار نکال باہر کر دیئے تو کد ھر جائیں گے اتے نخرے؟"

انابی کے حسابوں تو یہ بڑی خوش نصیبی تھی کہ وہ شہزادی پاشا کو دودھ پلانے کے واسطے رکھی گئی تھیں۔ ان کے کھانے پینے کا معیار تو لازماً ماؤں ہی تھا، جو بیگمات کا تھا کہ بھئی آخر وہ نواب صاحب کی اکلوتی بچی کو اپنا دودھ پلاتی تھیں۔ کپڑا لتا بھی بے حساب تھا کہ دودھ پلانے والی کے لئے صاف ستھرا رہنا لازمی تھی اور سب سے زیادہ مزے تو یہ تھے کہ ان کی اپنی بچی کو شہزادی پاشا کی بے حساب اترن ملتی تھی۔۔۔۔ کپڑے لتے ملنا تو ایک طے شدہ بات تھی، حد یہ کہ اکثر چاندی کے زیور اور کھلونے تک بھی اترن میں دے دیئے جاتے تھے۔

ادھر وہ حرافہ تھی کہ جب سے ذرا ہوش سنبھال رہی تھی، یہی ضد کئے جاتی تھی کہ میں بی پاشا کے اترن کیوں پہنوں؟ کبھی کبھار تو آئینہ دیکھ کر بڑی سوجھ بوجھ کے ساتھ کہتی۔۔۔۔ "امنی میں تو بی پاشا سے بھی زیادہ خوبصورت ہوں نا؟ پھر تو انوں میری اترن پہنانا؟"

انابی ہر گھڑی ہولتی تھیں۔ بڑے لوگ تو بڑے لوگ ہی ٹھہرے۔ اگر کسی نے سن گن پا لی کہ موئی انا اصل کی بیٹی ایسے ایسے بول بولتی ہے تو ناک چوٹی کاٹ کر نکال باہر کر دیں گے۔۔۔۔ ویسے بھی دودھ پلانے کا زمانہ تو مدت ہوئی بیت گیا تھا۔ وہ تو ڈیوڑھی کی

روایت کہئے کہ انا لوگوں کو مرے بعد ہی چھٹی کی جاتی تھی۔ لیکن قصور بھی معاف کئے جانے کے قابل ہو تو ہی معافی ملتی ہے ایسا بھی کیا؟ انابی نے چمکی کے کان مروڑ کر اسے سمجھایا۔

"آگے سے کچھ بولی تو یاد رکھ۔۔۔۔ تیرے کو عمر بھر بی پاشا کی اترن پہننا ہے سمجھی کی نئیں، گدھے کی اولیاد!"

گدھے کی اولیاد نے اس وقت زبان سی لی۔۔۔ لیکن ذہن میں لاوا پکتا ہی رہا۔ تیرہ برس کی ہوئیں تو شہزادی کی پہلی بار نماز قضا ہوئی۔ آٹھویں دن گل پوشی ہوئی تو ایسا زر تار، جھم جھما تا جوڑا امماں نے سلوایا کہ آنکھ ٹھہرتی نہ تھی۔۔۔۔ جگہ جگہ سونے کے گھنگھرووں کی جوڑیاں ٹنکوائیں کہ جب بی پاشا چلتیں تو چھن چھن پازیبیں سی بجتیں۔ ڈیوڑھی کے دستور کے مطابق وہ حد سے سوا قیمتی جوڑا بھی اترن میں صدقہ دے دیا گیا۔ انابی خوشی خوشی وہ سوغات لے کر پہنچیں تو چمکی جو اپنی عمر سے کہیں زیادہ سمجھ دار اور حساس ہو چکی تھی، دکھ سے بولی، "امنی مجبوری ناٹے لینا ہور بات ہے مگر آپ ایسے چیزاں کو لے کو خوش مت ہوا کرو۔"

"اگے بیٹا۔۔۔۔" وہ رازداری سے بولیں۔۔۔۔" یہ جوڑا اگر بکانے کو بھی بیٹھے تو دو سو کل دار روپے تو کہیں نئیں گئے۔ اپن لوگاں نصیبے والے ہیں کہ ایسی ڈیوڑھی میں پڑے۔"

"امنی۔۔۔۔" چمکی نے بڑی حسرت سے کہا۔۔۔۔ "میرا کیا جی بولتا کی میں بھی کبھی بی پاشا کو اپنی اترن دیوں دیوں؟"

انابی نے سر پیٹ لیا۔۔۔۔ آگے تو بھی اب جوان ہو گئی گے ذرا عمل پکڑ۔۔۔۔ ایسی ویسی باتاں کوئی سن لیا تو میں کیا کروں گی ماں۔۔۔۔ ذرا میرے بڈھے چونڈے پر رحم

کر۔۔۔

چمکی ماں کو روتا دیکھ کر خاموش ہوگئی۔

مولوی صاحب نے دونوں کو ساتھ ساتھ ہی قرآن شریف اور اردو قاعدہ شروع کرایا تھا۔۔۔۔ بی پاشا نے کم اور چمکی نے زیادہ تیزی دکھائی۔۔۔۔ دونوں نے جب پہلی بار قرآن شریف کا دور ختم کیا تو بڑی پاشا نے ازراہ عنایت چمکی کو بھی ایک ہلکے کپڑے کا نیا جوڑا سلوا دیا تھا۔ ہر چند کہ بعد میں اسے بی پاشا کا بھاری جوڑا بھی اترن میں مل گیا تھا لیکن اسے اپنا وہ جوڑا جان سے زیادہ عزیز تھا۔۔۔۔ اس جوڑے سے اسے کسی قسم کی ذلت محسوس نہ ہوتی تھی۔ ہلکے زعفرانی رنگ کا سوتی جوڑا۔۔۔ جو کتنے ہی سارے جگمگاتے، لس لس کرتے جوڑوں سے سوا تھا۔

اب جبکہ خیر سے شہزادی پاشا بھر پڑھ لکھ بھی چکی تھیں، جوان بھی ہو چکی تھیں ۔۔۔۔ ان کا گھر بسانے کی فکریں کی جا رہی تھیں۔ ڈیوڑھی، سناروں ۔۔۔۔ درزیوں، بیوپاریوں کا مسکن بن چکی تھی۔ چمکی یہی سوچے جاتی کہ وہ تو شادی کے اتنے بڑے ہنگامے کے دن بھی اپنا وہی جوڑا پہنے گی جو کسی کی اترن نہیں تھا۔

بڑی پاشا، جو واقعی بڑی مہربان خاتون تھیں، ہمیشہ اپنے نوکروں کا اپنی اولاد کی طرح خیال رکھتی تھیں۔ اس لئے شہزادی کے ساتھ وہ چمکی کی شادی کے لئے بھی اتنی ہی فکرمند تھیں۔۔۔۔ آخر نواب صاحب سے کہہ کر انہوں نے ایک مناسب لڑکا چمکی کے لئے تلاش کر ہی لیا۔ سوچا کہ شہزادی پاشا کی شادی کے بعد اسی جھوڑ جھمکے میں چمکی کا بھی عقد پڑھا دیا جائے۔

اس دن جب شہزادی پاشا کے عقد کو صرف ایک دن رہ گیا تھا۔۔۔۔ اور ڈیوڑھی مہمانوں سے ٹھساٹھس بھری پڑی تھی اور لڑکیوں کا ٹڈی دل ڈیوڑھی کو سر پر اٹھائے

ہوئے تھا، اپنی سہیلیوں کے جھرمٹ میں بیٹھی ہوئی شہزادی پاشا پیروں میں مہندی لگواتے ہوئے چمکی سے کہنے لگی، "تو سسرال جائے گی تو تیرے پیروں کو میں مہندی لگاؤں گی۔"

"اے خدا نہ کرے۔۔۔۔" انابی نے پیار سے کہا۔۔۔۔ "اس کے پانواں آپ کے دشمناں چھوئیں۔۔۔۔ آپ ایسا بولے سو بس ہے۔ بس اتی دعا کرنا پاشا کہ آپ کے دولہے میاں ویسا شریف دولہا اس کا نکل جائے۔"

"مگر اس کی شادی کب ہو رہی جی؟" کوئی چلبلی لڑکی پوچھ بیٹھی۔ شہزادی پاشی وہی بچپن والی غرور بھری ہنسی ہنس کر بولیں، "میری اتی ساری اترن نکلے گی تو اس کا جہیز تیار سمجھو۔۔۔۔"

اترن۔۔۔۔ اترن۔۔۔۔ اترن۔۔۔۔ کئی ہزار سوئیوں کی باریک نوکیں جیسے اس کے دل کو چھید گئیں۔۔۔۔ وہ آنسو پیتے ہوئے اپنے کمرے میں آ کر چپ چاپ پڑ گئی۔

سر شام ہی لڑکیوں نے پھر ڈھولک سنبھال لی۔ ایک سے ایک واہیات گانا گایا جا رہا تھا۔ پچھلی رات رات جگا ہوا تھا۔ آج پھر ہونے والا تھا۔ پرلی طرف صحن میں ڈھیروں چولہے جلائے، باورچی لوگ انواع و اقسام کے کھانے تیار کرنے میں مشغول تھے۔ ڈیوڑھی پر رات ہی سے دن کا گمان ہو رہا تھا۔

چمکی کا روتا ہوا حسن نارنجی جوڑے میں اور کھل اٹھا۔ یہ جوڑا وہ جوڑا تھا، جو اسے احساس کمتری کے پاتال سے اٹھا کر عرش کی بلندیوں پر بٹھا دیتا تھا۔ یہ جوڑا کسی کی اترن نہیں تھا۔ نئے کپڑوں سے سلا ہوا جوڑا، جو اسے زندگی بھر ایک ہی بار نصیب ہوا تھا، ورنہ ساری عمر تو شہزادی پاشا کی اترن پہنتے ہی گزری تھی اور اب چونکہ جہیز بھی تمام تر ان کی

اترن ہی پر مشتمل تھا اس لئے باقی کی ساری عمر بھی اسے اترن ہی استعمال کرنی ہوگی۔ "لیکن بی پاشا۔۔۔۔ ایک سیدزادی کہاں تک پہنچ سکتی ہے۔ وہ تم بھی دیکھ لینا۔ تم ایک سے ایک پرانی چیز مجھے استعمال کرنے کو دیئے نا؟ اب تم دیکھنا۔۔۔۔"

ملیدے کا تھال اٹھائے وہ دولہا والوں کی کوٹھی میں داخل ہوئ۔۔۔۔ ہر طرف چراغاں ہو رہا تھا۔۔۔۔ یہاں بھی وہی چہل پہل تھی، جو دلہن والوں کے محل میں تھیں، صبح ہی عقد خوانی جو تھی۔

اتنے ہنگامے اور اتنی بڑی کوٹھی میں کسی نے اس کا نوٹس بھی نہ لیا۔۔۔۔ پوچھتی یا چھپتی وہ سیدھی دولہا میاں کے کمرے میں جا پہنچی۔۔۔۔ ہلدی مہندی کی ریتوں رسموں سے تھکائے تھکائے دولہا میاں اپنی مسہری پر دراز تھے۔ پردہ ہلا تو وہ مڑے، اور دیکھتے کے دیکھتے رہ گئے۔

گھٹنوں تک لمبا زعفرانی کرتا۔ کسی کسی پنڈلیوں پر مندھا ہوا تنگ پاجامہ، ہلکی ہلکی کلدانی کا کڑھا ہوا زعفرانی دوپٹہ۔ روئی روئی، بھیگی بھیگی گلابی آنکھیں، چھوٹی آستینوں والے کرتے میں سے جھانکتی گداز بانہیں، بالوں میں موتیا کے گجرے پروئے ہوئے۔۔۔۔ ہونٹوں پر ایک قاتل سی مسکراہٹ۔۔۔۔ یہ سب نیا نہیں تھا۔۔۔۔ لیکن ایک مرد جس کی پچھلی کئی راتیں کسی عورت کے تصور میں بیتی ہوں۔۔۔۔ شادی سے ایک رات پہلے بہت خطرناک ہو جاتا ہے۔۔۔۔ چاہے وہ کیسا ہی شریف ہو۔ تنہائی جو گناہوں کی ہمت بڑھاتی ہے۔

چمکی نے انہیں یوں دیکھا کہ وہ جگہ جگہ سے "ٹوٹ" گئے۔۔۔۔ چمکی جان بوجھ کر منہ موڑ کر کھڑی ہو گئی۔ وہ تلملائے سے اپنی جگہ سے اٹھے اور ٹھیک اس کے سامنے آ کر کھڑے ہو گئے۔ آنکھوں کے گوشوں سے چمکی نے انہیں یوں دیکھا کہ وہ ڈھیر ہو گئے۔

"تمہارا نام؟" انہوں نے تھوک نگل کر کہا۔
"چمکی۔۔۔۔" اور ایک چمکیلی ہنسی نے اس کے پیارے پیارے چہرے کو چاند کر دیا۔
"واقعی تم میں جو چمک ہے اس کا تقاضا یہی تھا کہ تمہارا نام چمکی ہوتا۔۔۔۔"
انہوں نے ڈرتے ڈرتے اپنا ہاتھ اس کے شانے پر رکھا۔ خالص مردوں والے لہجے میں۔۔۔۔۔ جو کسی لڑکی کو پٹانے سے پہلے خواہ مخواہ کی ادھر ادھر کی ہانکتے ہیں۔۔۔۔۔ لرزتے ہوئے اپنا ہاتھ شانے سے ہٹا کر اس کے ہاتھ کو پکڑتے ہوئے بولے۔۔۔۔۔
"یہ تھال میں کیا ہے؟"
چمکی نے قصداً ان کی ہمت بڑھائی۔۔۔۔ "آپ کے واسطے ملیدہ لائی ہوں، رت جگا تھانہ رات کو۔۔۔۔" اور اس نے تلوار کے بغیر انہیں گھائل کر دیا۔۔۔۔ "منہ میٹھا کرنے کو۔۔۔۔" وہ مسکرائی۔
"ہم ملیدے ولیدے سے منہ میٹھا کرنے کے قائل نہیں ہیں۔۔۔۔۔ ہم تو۔۔۔۔ ہاں۔۔۔۔" اور انہوں نے ہونٹوں کے شہد سے اپنا منہ میٹھا کرنے کو اپنے ہونٹ بڑھا دیئے۔۔۔۔ اور چمکی۔۔۔ ان کی بانہوں میں ڈھیر ہو گئی۔۔۔۔ ان کی پیکیجی لوٹنے۔۔۔۔ خود لٹنے۔۔۔۔ اور انہیں لوٹنے کے لئے۔۔۔۔

وداع کے دوسرے دن ڈیوڑھی کے دستور کے مطابق جب شہزادی پاشا ان کی اترن اپنا سہاگ کا جوڑا اپنی انا اپنی کھلائی کی بیٹی کو دینے گئیں، تو چمکی نے مسکرا کر کہا:
"پاشا۔۔۔ میں۔۔۔۔ میں۔۔۔۔ میں زندگی بھر آپ کی اترن استعمال کرتی آئی۔۔۔۔ مگر اب آپ بھی۔۔۔۔"
اور وہ یوں دیوانوں کی طرح ہنسنے لگی۔۔۔۔ "میری استعمال کری ہوئی چیز اب

زندگی بھر آپ بھی۔۔۔۔" اس کی ہنسی تھمتی ہی نہ تھی۔

سب لوگ یہی سمجھے کہ بچپن سے ساتھ کھیلی سہیلی کی جدائی کے غم نے عارضی طور سے چمکی کو پاگل کر دیا ہے۔

(۴) ذرا ہور اُوپر

نواب صاحب نوکر خانے سے جھومتے جھامتے نکلے تو اصلی چنبیلی کے تیل کی خوشبو سے ان کا سارا بدن مہکا جا رہا تھا۔

اپنے شاندار کمرے کی بے پناہ شاندار مسہری پر آ کر وہ دھپ سے گرے تو سارا کمرہ معطر ہو گیا۔۔۔۔ پاشا دولہن نے ناک اُٹھا کر فضا میں کچھ سونگھتے ہی خطرہ محسوس کیا۔ اگلے ہی لمحے وہ نواب صاحب کے پاس پہنچ چکی تھیں۔۔۔۔ سراپا انگارہ بنی ہوئی۔

"سچی سچی بول دیو، آپ کاں سے آئیں ۔۔۔۔ جھوٹ بولنے کی کوشش نکو کرو۔۔۔۔"

نواب صاحب ایک شاندار ہنسی ہنسے۔

"ہمنا جھوٹ بولنے کی ضرورت بھی کیا ہے؟ جو تُنے سمجھے وہ پَیچ سَچ ہے۔"

"گل بدن کے پاس سے آئیں نا آپ؟"

"معلوم ہے تو پھر پوچھنا کائے کو؟"

جیسے آگ کو کسی نے بارود دکھا دی ہو۔ پاشا دولہن نے دھنا دھن پہلے تو تکیہ کوٹ ڈالا، پھر ایک ایک چیز اٹھا اٹھا کر کمرے میں پھینکنی شروع کر دی، ساتھ ہی ساتھ ان کی زبان بھی چلتی جا رہی تھی۔

"اجاڑنے ابا جان اور امنی جان کیسے مردوئے کے حوالے میرے کو دیئے غیرت شرم تو چھو کر بھی نئیں گئی۔ دنیا کے مردوئے اِدھر اُدھر تانک جھانک کرتے نہیں کیا؛ پر

انے تو میرے سامنے اود ھم مچائے رہئیں۔ ہور اجاگری تو دیکھو، کتے مزے سے بولتیں، معلوم ہے تو پھر پوچھنا کائے کو؟ میں بولتیوں اجاڑ یہ آگ ہے کیسی کی بجھتی اچ نئیں۔ کتے عورتوں انے ایک مرد وئے کو ہونا جی"۔۔۔۔ اب وہ ساتھ ساتھ پھچک پھچک کر رونے بھی لگی تھیں۔۔۔۔ "اجاڑ میرے کو یہ زندگی نکو۔ اپنا راج محل تج سنبھالو۔۔۔۔ میرے کو آنچ طلاخ دے دیو، میں ایسی کال کوٹڑی میں نئیں رہنے والی۔۔۔۔"

مگر جو پیاسا زور کی پیاس میں پانی چھوڑ شراب پی کر آیا ہو، وہ بھلا کہیں اتنی دیر تک جاگتا ہے؟ اور عورت کی گرمی ملے تو یوں بھی اچھا بھلا مرد پٹ کر کے سو جاتا ہے۔۔۔۔ نواب صاحب بھی اس وقت اس تمام ہنگامے سے بے خبر گہری نیند سو چکے تھے۔

کیسی زندگی پاشا دولہن گزار رہی تھیں۔ بیاہ کر آئیں تو بیس سے ادھر ہی تھیں۔ اچھے برے کی اتنی بھی تمیز نہ تھی کہ میاں کے پیر دکھیں تو رات بے رات خود ہی دبا دیں۔ جوانی کی نیندیوں بھی کیسی ہوتی ہے کہ کوئی گھر لوٹ کر لے جائے اور آنکھ تک نہ پھڑکے۔ جب بھی راتوں میں نواب صاحب نے درد کی شکایت کی، انہوں نے ایک کروٹ لے کر اپنے ساتھ آئی باندیوں میں سے ایک آدھ کو میاں کی پائنتی بٹھا دیا اور اسے ہدایت کر دی، "لے ذرا سرکار کے پاؤں دبا دے، میرے کو تو نیند آ رئی۔"

صبح کو یہ خود بھی خوش باش اٹھتیں اور نواب صاحب بھی۔۔۔۔ کبھی کبھار نواب صاحب لگاوٹ سے شکایت بھی کرتے۔

"بیگم آپ بھی تو ہمارے پاواں دبا دیو، آپ کے ہاتھاں میں جو لذت ملے گی، وہ انے حرام زادیاں کاں سے لائیں گے۔"

مگر یہ بلبلا جاتیں۔۔۔۔ "ہور یہ ایک نوی بات سنو، میں بھلا پاواں دبانے کے لاخ

ہوں کیا، اس واسطے تو امنی جان باندیاں کی ایک فوج میرے ساتھ کر کو دیئے کہ بیٹی کو تخلیف نئیں ہونا بول کے۔"

اور نواب صاحب دل میں بولتے۔۔۔۔ خدا کرے تے ہور گہری نیند سو۔۔۔۔ تمہارے سوتے اچ ہمارے واسطے تو جنت کے دروازے کھل جاتیں۔

مگر دھیرے دھیرے پاشا دو لہن پر یہ بھیدیوں کھلا کہ نواب صاحب نئی نویلی دولہن سے ایک سرے گانا ہوتے چلے گئے۔۔۔۔ اب بیاہی بھری تھیں اتنا تو معلوم ہی تھا کہ جس طرح پیٹ کی ایک بھوک ہوتی ہے اور بھوک لگنے پر کھانا کھایا جاتا ہے اسی طرح جسم کی ایک بھوک ہوتی ہے اور اس بھوک کو بھی بہر طور مٹایا ہی جاتا ہے۔ پھر نواب صاحب ایسے کیسے مرد تھے کہ برابر میں خوشبوؤں میں بسی دولہن ہوتی اور وہ ہاتھ تک نہ لگاتے۔۔۔۔ اور اب تو یہ بھی ہونے لگا تھا کہ رات بے رات کبھی ان کی آنکھ کھلتی۔۔۔۔ تو دیکھتیں کہ نواب صاحب مسہری سے غائب ہیں۔۔۔۔

اب غائب ہیں تو کہاں ڈھونڈیں؟ حویلی بھی تو کوئی ایسی ویسی حویلی نہ تھی۔ حیدرآباد دکن کے مشہور نواب ریاست یار جنگ کی حویلی تھی کہ پوری حویلی کا ایک ہی چکر لگانے بیٹھو تو موئی ٹانگیں ٹوٹ کے چورا ہو جائیں۔ پھر رفتہ رفتہ آنکھیں کھلنی شروع ہوئیں۔ کچھ ساتھ کی بیاہی سہیلیوں کے تجربوں سے پتہ چلا کہ مرد پندرہ پندرہ بیس بیس دن ہاتھ تک نہ لگائے، راتوں کو مسہری سے غائب ہو جائے تو دراصل معاملہ کیا ہوتا ہے۔۔۔۔ لیکن یہ ایسی بات تھی کہ کسی سے کچھ بولتے بنتی نہ بتاتے۔۔۔۔ مشورہ بھی کرتیں تو کس سے؟ اور کرتیں بھی تو کیا کہہ کر؟ کیا یہ کہہ کر میرا میاں عورتوں کے پھیر میں پڑ گیا ہے، اسے بچاؤں کیسے؟ اور صاف سیدھی بات تو یہ تھی کہ مرد وہی بھٹکتے ہیں جن کی بیویوں میں انہیں اپنے گھٹنے سے باندھ کر رکھنے کا سلیقہ نہیں ہوتا۔۔۔۔ وہ بھی تو آخر مرد ہی ہوتے

ہیں جو اپنی ادھیڑ ادھیڑ عمر کی بیویوں سے گوند کی طرح چپکے رہتے ہیں۔ غرض ہر طرف سے اپنی ہاری اپنی ماری تھی، لیکن کر بھی کیا سکتی تھیں؟ خود میاں سے بولنے کی تو کبھی ہمت ہی نہ پڑی۔ مرد جب تک چوری چھپے منہ کالا کرتا ہے، ڈرا سہما ہی رہتا ہے اور جہاں بات کھل گئی وہیں اس کا منہ بھی کھل گیا۔ پھر تو ڈنکے کی چوٹ کچھ کرتے نہیں ڈرتا۔ لیکن ضبط کی بھی ایک حد ہوتی ہے۔۔۔۔ ایک دن آدھی رات کو یہ تاک میں بیٹھی ہوئی تھیں، آخر شادی کے اتنے سال گزار چکی تھیں، دو تین بچوں کی ماں بھی بن چکی تھیں، اتنا حق تو رکھتی ہی تھیں، اور عقل بھی کہ آدھی رات کو جب مرد کہیں سے آئے اور یوں آئے کہ چہرے پر یہاں وہاں کالک ہو تو وہ سوا پرائی عورت کے کاجل کے اور کاہے کی کالک ہو سکتی ہے؟ کیونکہ بہرحال دنیا میں اب تک یہ تو نہیں ہوا ہے کہ کسی کے گناہوں سے منہ کالا ہو جائے۔

جیسے ہی نواب صاحب کمرے میں داخل ہوئے کہ چیل کی طرح جھپٹیں اور ان کے چہرے کے سامنے انگلیاں نچا کر بولیں، "یہ کالک کاں سے تھوپ کو لائے؟

اور نواب صاحب بھی آخر نواب ہی تھے، کسی حرام کا تخم تو تھے نہیں، اپنے ہی باپ کی عقد خوانی کے بعد والی حلال کی اولاد تھے، ڈرتا ان کا جوتا۔ بڑے رسان سے بولے "یہ مہروکم بخت بہت کاجل بھرتی ہے اپنے آنکھاں میں، لگ گیا ہوئیں گا، اسی کا۔۔۔۔"

ایسے تئے سے تو پاشا دولہن اٹھی تھیں مگر یہ سن کر وہیں ڈھیر ہو گئیں۔۔۔۔ اگر مرد ذرا بھی آناکانی کرے تو عورت کو گالیاں دینے کا موقع مل جاتا ہے۔ لیکن یہاں تو صاف سیدھی طرح انہوں نے گویا اعلان کر دیا کہ۔۔۔۔ "ہاں، ہاں۔۔۔۔ میں نے بھاڑ جھونکا۔۔۔۔ اب بولو۔۔۔۔!"

پاشا دولہن کچھ بول ہی نہ سکیں، بولنے کو تھا بھی کیا؟ جو چپکی ہوئیں تو بس چپ ہی

لگ گئی۔ اب محل کے سارے ہنگامے، ساری چہل پہل، ساری دھوم دھام ان کے لئے بے معنی تھی۔ ورنہ وہی پاشا دولہن تھیں کہ ہر کام میں گھسی پڑتی تھیں۔۔۔۔ پہلے تو دل میں آیا کہ جتنی بھی یہ جوان جوان حرام خورنیاں ہیں انہیں سب کو ایک سرے سے برطرف کر دیں، لیکن روایت سے اتنی بڑی بغاوت کر بھی کیسے سکتی تھیں؟ پھر اپنے مقابل کی حیثیت والیوں میں یہ مشہور ہو جاتا کہ اللہ مارے کیسے نواباں ہیں کہ کام کاج کو چھوکریاں نہیں رکھے۔ بس ہر طرف سے ہار ہی ہار تھی۔ دل پر دکھ کی مار پڑی تو جیسے ڈھیر ہی ہو گئیں۔ نئی نئی بیماریاں بھی سر اٹھانے لگیں، کمر میں درد، سر میں درد، پیروں میں درد، ایک اینٹھن تھی کہ جان لئے ڈالتی۔ حکیم صاحب بلوائے گئے، اس زمانے کے حیدر آباد میں مجال نہ تھی کہ حکیم صاحب محل والیوں کی جھپک تک دیکھ سکیں۔ بس پردے کے پیچھے سے ہاتھ دکھا دیا جاتا۔ پھر ساتھ میں ایک بی بی ہوتیں جو حکیمن اماں کہلاتی تھیں۔۔۔۔ وہ سارے معائنے کرتیں اور یوں دوا تجویز ہوتی بس حکیم صاحب نبض دیکھنے کے گناہگار ہوتے۔

پاشا دولہن کی کیفیت سن کر حکیم صاحب کچھ دیر کے لئے خاموش رہ گئے انہوں نے بظاہر غیر متعلق سی باتیں پوچھیں جس کا دراصل اس بیماری سے بڑا گہرا تعلق تھا۔

"نواب صاحب کہاں سوتے ہیں؟"

حکیمن اماں نے پاشا دولہن سے پوچھ کر بات آگے بڑھائی۔۔۔۔ "جی انوں تو مردانے میں اچ سوتے ہیں۔"

اب حکیم صاحب بالکل خاموش رہ گئے۔ سوئے ادب! کچھ کہتے تو مشکل نہ کہتے تو مشکل۔ بہر حال ایک تیل مالش کے لئے دے گئے۔

پاشا دولہن کو ان کم بخت باندیوں سے نفرت ہو گئی تھی۔ بس نہ چلتا کہ سامنے آتیں

اور یہ کچا چبا جاتیں۔ باندیوں میں سے کسی کو انہوں نے اپنے کام کے لئے نہ چنا۔ حویلی کا ہی پالا ہوا اچھوتا سا چھوکرا تھا۔ انہوں نے طے کر لیا کہ مالش اسی سے کرائیں گے۔ چودہ پندرہ برس کے چھوکرے سے کیا شرم؟

اسی بیچ میں دو تین بار نواب صاحب اور دولہن پاشا کی خوب زور دار لڑائی ہوئی۔ شکر ہے کہ جو نوبت طلاق تک نہ پہنچی۔ اب تو نواب صاحب کھلم کھلا کہتے تھے۔۔۔۔۔ہاں میں آج اس کے ساتھ رات گزارا۔ اس کے ساتھ مستی کیا، تم نا کچھ بولنا ہے؟"

پاشا دولہن بھی جی کھول کر کوستیں کاٹتیں۔ ایک دن دبے الفاظ میں جب انہوں نے اپنی "بھوک" کا ذکر کیا تو نواب صاحب ذرا حیرت سے انہیں دیکھ کر بولے، "دیکھو اللہ میاں کو معلوم تھا کہ مرد کو کچھ زیادہ ہونا پڑتا اس واسطے اچ اللہ میاں مردوں چار، چار شادیوں کی اجازت دیا۔ ایسا ہوتا تو عورتاں کو کیوں نئیں دے دیتا تھا۔"

یہ ایک ایسا نکتہ نواب صاحب نے پکڑا کہ پاشا دولہن تو بالکل ہی لاجواب ہو کر رہ گئیں اور یوں رہی سہی جو بھی پردہ داری تھی بالکل ہی ختم ہو کر رہ گئی۔ اس صبح ہی کی بات تھی کہ انہوں نے سر میں تیل ڈالنے کو چنبیلی کے تیل کی شیشی اٹھائی اور وہ کم بخت ہاتھ سے ایسی چھوٹی کہ ندی سی بہہ اٹھی۔ گھبرا کر انہوں نے پاس کھڑی گل بدن کو پکارا" بیکار بہہ کو جارا تو اچ اپنے سر میں چپڑ لے۔"

اور رات کو وہ ساری خوشبو نواب صاحب کے بدن میں منتقل ہو گئی، جس کے بارے میں اعلان کرتے ہوئے انہیں ذرا سی جھجک یا شرم محسوس نہیں ہوئی۔

پتہ نہیں یہ کون لوگ ہیں جو کہتے ہیں عورت بیسی اور گھیسی۔ عورت تو تیس کی ہو کر کچھ اور ہی چیز ہو جاتی ہے۔ ان دنوں کوئی پاشا دولہن کا روپ دیکھتا۔

چڑھتے چاند کی سی جوانی، پور پور چٹخا پڑتا۔ برسات کی راتوں میں ان کے جسم میں وہ

تناؤ پیدا ہو جاتا ہو جو کسی استاد کے کسے ہوئے ستار میں کیا ہو گا۔ اتنا سا چھو کر اکیا اور اس کی بساط کیا۔ سر اور کمر سے نپٹ کر وہ پیروں کے پاس آ کر بیٹھتا تو اس کے ہاتھ دکھ دکھ جاتے۔ پنڈلیوں کو جتنی زور سے دباتا، وہ یہی کہے جاتی۔

"کتے! ہلو ہلو دبا تارے تو۔۔۔۔۔ ذرا تو طاقت لگا۔"

چودہ پندرہ سال کا چھوکرا، ڈر ڈر کے سہم سہم کر دبائے جاتا کہ کہیں زور سے دبا دینے پر پاشا ڈانٹ نہ دیں، اتنی بڑی حویلی کی مالک جو تھیں۔

حویلی میں ان دنوں خواتین میں کلی دار کرتوں پر چوڑی دار پاجامے پہننے کا رواج تھا۔ لڑکیاں بالیاں غرارے بھی پہن لیتیں۔۔۔۔ اور بڑے ہنگاموں کے بعد اب ساڑھی کا بھی نزول ہوا تھا، مگر بہت ہی کم پیمانے پر۔۔۔۔

چوڑی دار پاجامے میں پنڈلیاں صرف دبائی جا سکتی تھیں، تیل مالش کیا خاک ہوتی؟ پاشا دلہن نے ماما کو بلوا کر اپنے پاس کھڑا کیا، یہ حویلی کے کسی بھی نوکر کے لئے بڑے اعزاز کی بات تھی۔ پھر پاشا بولیں۔

"دیکھو یہ اتنے چھوکرا رحمت ہے نا؟ اس کو کھانے پینے کو اچھا اچھا دیو۔۔۔۔ ناشتے میں اصلی گھی کے پراٹھے بھی دیو۔ انے میرے پیراں کی مالش کرتا، مگر ذرا بھی اس میں طاخت نئیں۔ اب میں جتا کو دی۔"

پھر خود انہوں نے غرارہ پہننا شروع کر دیا تا کہ پنڈلیوں کی اچھی طرح مالش ہو سکے اور انہیں درد سے نجات ملے۔

اب جو دو پہر کو مالش شروع ہوتی تو ایک ہی مکالمے کی گردان رحمت کے کانوں سے ٹکراتی۔

"ذرا ہور اوپر!"

وہ سہم سہم کر مالش کرتا، ڈر ڈر کر پاشا کا منہ تکتا۔ تیل میں انگلیاں چپڑ کر وہ غرارہ ڈرتے ڈرتے ذرا اوپر کھسکا تا کہ کہیں سجر، اطلاس یا مخواب کے غرارے کو تیل کے دھبے بدنما نہ بنا دیں۔ چم چماتی پنڈلیاں تیل کی مالش سے آئینہ بنتی جا رہی تھیں۔ رحمت غور سے دیکھتے دیکھتے گھبرا گھبرا کر اٹھتا کہ کہیں ان میں اس کا چہرہ نہ دکھائی دے جائے۔

ایک رات دولہن پاشا کے پیروں میں کچھ زیادہ ہی درد اور اینٹھن تھی۔ رحمت مالش کرنے بیٹھا تو سہمتے سہمتے اس نے پنڈلیوں تک غرارہ کھسکایا۔

"ذرا اور اوپر" دولہن پاشا کسمسا کر بولیں، "آج اجاڑ اتا درد ہو ریا کہ میرے کو بخار جیسا لگ ریا۔ گھنٹوں تک مالش کر ذرا، تو تو خالی بس پنڈلیاں اچ دبا ریا۔"

رحمت نے بخار کی سی کیفیت اپنے اندر محسوس کی۔ اس نے لرزتے ہاتھوں سے غرارہ اور "اوپر" کھسکایا اور ایک دم ناریل کی طرح چکنے چکنے اور سفید مدور گھٹنے دیکھ کر بوکھلا سا گیا۔ ترتراتے گھی کے پراٹھوں، دن رات کے میوؤں اور مرغن کھانوں نے اسے وقت سے پہلے ہی اس مقام پر لا کھڑا کیا تھا، جہاں نیند کی بجائے جاگتے میں ایسے ویسے خواب دکھائی دینے لگتے ہیں۔ اس نے ہڑبڑا کر غرارہ ٹخنوں تک کھینچ دیا تو اونگھتی ہوئی پاشا دولہن بھنا گئیں۔

"ہو رے، میں کیا بول رئی ہو، تو کیا کر ریا؟" انہوں نے ذرا سر اٹھا کر غصے سے کہا۔۔۔۔ وہاں ان کے سرہانے سنسناتا ہوا، جوان ہوتا ہوا، وہ چھوکرا بیٹھا تھا جسے انہوں نے اس لئے چنا تھا کہ انہیں چھوکریوں سے از حد نفرت ہو گئی تھی کہ۔۔۔۔ کم بختیں ان کے میاں کو ہتھیا ہتھیا لیتی تھیں۔

انہوں نے غور سے اسے دیکھا۔ اس نے بھی ڈرتے ڈرتے سہی، مگر ذرا غور سے انہیں دیکھا اور اک دم سر جھکا لیا۔

ٹھیک اسی وقت نواب صاحب کمرے میں داخل ہو گئے۔ جانے کون سا نشہ چڑھا کر آئے تھے کہ جھولے ہی جا رہے تھے۔ آنکھیں چڑھی پڑ رہی تھیں۔ مگر اتنے نشے میں بھی بیگم کے قدموں میں اسے بیٹھا دیکھ کر چونک اٹھے۔

"یہ اسے حرام زادہ مسٹنڈ ایہاں کیا کرنے کو آیا بول کے؟"

رحمت تو نواب صاحب کو دیکھتے ہی دم دبا کر بھاگ گیا مگر پاشا دولہن بڑی رعونت سے بولیں،"آپ کو میرے بیچ میں بولنے کا کیا حج ہے؟"

"حج؟" وہ گھور کر بولے، "تمہارا دھگڑا ہوں، کوئی پالکڑا نئیں، سمجھے۔ رہی حج کی بات، سو یہ حج اللہ اور اس کا رسول دیا۔۔۔۔ کون تھا وہ مردود؟"

" آپ اتنے سالاں ہو گئے، آپ ایکو ایک چھوکری سے پاواں دبائے رہیں، ہور اللہ معلوم ہور کیا کیا تماشے کر لے رہیں، وہ سب کچھ نئیں، ہور میں کبھی دکھ میں، بیماری میں مالش کرانے ایک آدھ چھوکرے کو بٹھالی تو اتے حساباں کائے کو؟"

"اس واسطے کی مرد بولے تو دالان میں بچھا خالین ہوتا کہ کتنے بھی پاواں اس پہ پڑے تو کچھ فرخ نئیں پڑتا۔ ہور عورت بولے تو عزت کی سفید چدر ہوتی کہ ذرا بھی دھبا پڑتا تو سب کی نظر پڑ جاتی۔۔۔۔"

دولہن پاشا بلبلا کر بولیں،"ائی اماں، بڑی تمہاری عزت جی، ہور تمہاری بڑی شان، اپنے دامن میں اتے داغاں رکھ کو دوسرے کو کیا نام رکھتے جی تے، ہور کچھ نئیں توا تے پوٹے کے اپر اتاواویلا کر لیتے بیٹھیں۔"

اک دم نواب صاحب چلائے، تمنا وہ پوٹا اتا اتا ساد کھتا؟ ارے آج اس کی شادی کرو نو مہینے میں باپ بن کر دکھا دیں گا۔ میں جتا دیا آج سے اس کا پاؤں نئیں دکھنا تمہارے کمرے میں۔۔۔۔"

پاشا دولہن تن کر بولیں، "ہور دکھا تو؟"
"دکھا تو طلاخ۔۔۔" وہ آخری فیصلہ سناتے ہوئے بولے۔
"ابھی کھڑے کھڑے دے دیو۔" پاشا دولہن اسی تیئے سے بولیں۔
ایک دم نواب صاحب سٹ پٹا کر رہ گئے۔ بارہ تیرہ سال میں کتنی بار تو تو، میں میں ہوئی، کتنے رگڑے جھگڑے ہوئے۔۔۔۔ باعزت، با وقار دو خاندانوں کے معزز میاں بیوی، جو پہلے ایک دوسرے کو آپ، آپ کہتے نہ تھکتے تھے اب تم تمار تک آ گئے تھے۔۔۔ مگر یہ نوبت تو کبھی نہ آئی تھی، خود پاشا دولہن نے ہی کئی بار یہ پیشکش کی کہ ایسی زندگی سے تو اجاڑ میرے کو طلاخ دے دیو۔۔۔ لیکن یہ کبھی نہ ہوا تھا کہ خود نواب صاحب نے یہ فال بد منہ سے نکالی ہو۔۔۔ اور اب منہ سے نکالی بھی تو یہ کہاں سوچا تھا کہ وہ کہیں گی کہ "ہاں۔۔۔ ابھی کھڑے کھڑے دے دیو۔!!"

مگر پاشا دولہن کی بات پوری نہیں ہوئی تھی۔ ایک ایک لفظ پہ زور دیتے ہوئے وہ تمتماتے چہرے کے ساتھ بولیں ۔۔۔۔ "ہور طلاخ لئے بعد سارے حیدرآباد کو سناتی پھروں گی کہ تے عورت کے لائخ مرد نئیں تھے۔ یہ بچے تمہارے نئیں۔ اب چھوڑو میرے کو۔۔۔۔ ہور دیو میرے کو طلاخ!"

یہ عورت چاہتی کیا ہے آخر؟۔۔۔۔ نواب صاحب نے سر پکڑ لیا۔۔۔ انہوں نے ذرا شک بھری نظروں سے بی بی کو دیکھا۔۔۔۔ کہیں دماغی حالت مشتبہ تو نہیں وہ سنار ہی تھیں۔

"اس حویلی میں دکھ اٹھائی ناں میں ۔۔۔۔ تمہارے ہوتے اب سکھ میں بھی اٹھاؤں گی۔۔۔۔ تمہارے اچ ہوتے سن لیو۔"

دوسری رات پاشا دولہن نے سرسراتی ریشمی ساڑھی اور لہنگا پہنا۔ خود بھی تو ریشم کی

بنی ہوئی تھیں۔ اپنے آپ میں پھسلی پڑ رہی تھیں۔ پھر جب رحمت مالش کرنے بیٹھا تو بس بیٹھا ہی رہ گیا۔

"دیکھتا کیا ہے رے؟ ہاتھوں میں دم نہیں کیا؟"

اس نے سرسرا تا لہنگا ڈرتے ڈرتے ذرا اوپر کیا۔

"اس کو مالش بولتے کیا رے نکے! ان کی ڈانٹ میں لگاوٹ بھی تھی۔

رحمت نے سرخ ہوتی کانوں سے پھر اور سنا۔۔۔۔ "ذرا ہور اوپر۔"

"ذرا ہور اوپر۔۔۔۔"

گہرے اودے رنگ کا لہنگا اور گہرے رنگ کی ساڑھی ذرا اوپر ہوئی اور جیسے بادلوں میں بجلیاں کوندیں۔

"ذرا ہور اوپر۔۔۔۔"

"ذرا ہور اوپر۔۔۔۔"

"ذرا ہور اوپر۔۔۔۔"

"ذرا ہور اوپر۔۔۔۔"

تلملا کر صندل کے تیل سے بھری کٹوری اٹھا کر رحمت نے دور پھینک دی، اور اس "بلندی" پر پہنچ گیا جہاں تک ایک مرد پہنچ سکتا ہے اور جس کے بعد "ذرا ہور اوپر" کہنے سننے کی ضرورت ہی باقی نہیں رہتی۔

دوسرے دن پاشا دولہن پھول کی طرح کھلی ہوئی تھیں۔ صندل ان کی من پسند خوشبو تھی۔ صندل کی مہک سے ان کا جسم لدا ہوا تھا۔۔۔۔ نواب صاحب نے رحمت سے پانی مانگا تو وہ بڑے ادب سے چاندی کی طشتری میں چاندی کا گلاس رکھ کر لایا۔۔۔۔ جھک کر پانی پیش کیا تو نہیں ایسا لگا کہ وہ صندل کی خوشبو میں ڈوبے جا رہے ہیں۔ گلاس اٹھاتے

اٹھاتے انہوں نے مڑ کر بیگم کو دیکھا جو ریشمی گدگدے بستر میں اپنے بالوں کا سیاہ آبشار پھیلائے کھلی جا رہی تھیں۔۔۔۔ ایک فاتح مسکراہٹ ان کے چہرے پر تھی۔

وہ انہیں سناکر رحمت کی طرف دیکھتے ہوئے زور سے بولے "کل تیرے کو گاؤں جانے کا ہے، وہاں پر ایک منشی کی ضرورت ہے بول کے۔"

رحمت نے سر جھکا کر کہا، "جو حکم سرکار۔۔۔۔"

نواب صاحب نے پاشا دولہن کی طرف مسکرا کر دیکھا۔۔۔۔ ایک فاتح کی مسکراہٹ۔

دو گھنٹے بعد پاشا دولہن اپنی شاندار حویلی کے بے پناہ شان دار باورچی خانے میں کھڑی ماما کو ہدایت دے رہی تھیں۔

"دیکھو ماما بی، انے یہ اپنی زبیدہ کا چھو کرا ہے نا شرفو۔۔۔۔ اس کو ذرا اچھا کھانا دیا کرنا۔۔۔۔ آج سے یہ میرے پاواں دبایا کریں گا۔۔۔۔ مالش کرنے کو ذرا ہاتھاں پاواں میں دم ہونے کو ہونانا؟"

"بروبر بولتے بی پاشا آپ۔" ماما بی نے اصلی گھی ٹپکتا انڈوں کا حلوہ شرفو کے سامنے رکھتے ہوئے پاشا دولہن کے حکم کی تعمیل اسی گھڑی سے شروع کر دی۔

※ ※ ※

اختر شیرانی کے یادگار افسانے

الف لیلہ کی ایک رات

مصنف: اختر شیرانی

بین الاقوامی ایڈیشن منظر عام پر آ چکا ہے